窄门

[法]安德烈·纪德 著
田伟华 译

民主与建设出版社
·北京·

© 民主与建设出版社，2020

图书在版编目（CIP）数据

窄门 /（法）安德烈·纪德著；田伟华译 . -- 北京：民主与建设出版社，2020.7（2023.9重印）

ISBN 978-7-5139-3062-8

Ⅰ.①窄… Ⅱ.①安… ②田… Ⅲ.①中篇小说—法国—现代 Ⅳ.①I565.45

中国版本图书馆CIP数据核字（2020）第091438号

窄门
ZHAIMEN

著　　者	［法］安德烈·纪德
译　　者	田伟华
责任编辑	彭　现
封面设计	尚上文化
出版发行	民主与建设出版社有限责任公司
电　　话	（010）59417747　59419778
社　　址	北京市海淀区西三环中路10号望海楼E座7层
邮　　编	100142
印　　刷	三河市骏杰印刷有限公司
版　　次	2020年9月第1版
印　　次	2023年9月第3次印刷
开　　本	880毫米×1230毫米　1/32
印　　张	5.75
字　　数	105千字
书　　号	ISBN 978-7-5139-3062-8
定　　价	49.80元

注：如有印、装质量问题，请与出版社联系。

目录

第一章 …………………………… 001
第二章 …………………………… 019
第三章 …………………………… 043
第四章 …………………………… 057
第五章 …………………………… 075
第六章 …………………………… 105
第七章 …………………………… 117
第八章 …………………………… 139

你们要努力进窄门。

——《路加福音》十三章二十四节

第一章

我在这里要讲的故事，换作别人可以写一本书。然而，我曾用尽全部力气在这个故事里活着，倾尽了全部德行。我就把我的回忆记下来吧，就算有的地方显得不完美，我也不愿虚构情节，修补、连通的事我也不愿去做，任何修饰铺垫都会夺走我讲述的最后一点乐趣。

父亲死那年，我还不足十二岁。母亲不愿意留在父亲生前行医的勒阿弗尔，决定移居巴黎，想着在那里我可以更好地完成学业。她在卢森堡附近租下一套小公寓，弗洛拉·阿斯布尔顿小姐搬来与我们同住。阿斯布尔顿小姐早已没了亲人，起初她是我母亲的家庭女教师，后来二人相伴，再后来成了朋友。我在这两个女人的陪伴下度过了童年，我记得她俩一样的温柔，一样的悲伤，又总是穿着孝衣。一天，想来离我父亲去世已经过去很久了，我母亲晨帽上原本系着的那条黑丝带不见了，换成了一条淡紫色的。

我叫道："哦，妈妈，你戴这个颜色一点儿都不好看！"第二天早晨，那条黑丝带就又回来了。

我身子弱。母亲跟弗洛拉·阿斯布尔顿小姐精心照料我，生怕我得病。在她们的精心照料下，我没有变成懒汉，都是因为我爱学习。见我面色越发苍白，好天气刚来，她们就商量好把我带到城外。那是在六月中旬吧，我们几个起身赶往勒阿弗尔附近的芬格斯玛尔农庄，我舅舅布兰科在那儿住，每年夏季我们都会去他那里度假。

我舅舅布兰科家的花园不大也不美，跟诺曼底这带的花园没什么两样，农舍为三层小楼，代表了上个世纪乡下大多数的房子的样子。农舍前面有十来扇窗户，都面朝花园东面开，后面窗户多些，两侧却连一扇都没有。窗户都小，有几块窗玻璃是新换的，挤在那些旧的中间，瞧上去亮闪闪的，旁边旧玻璃显出绿色，不太和谐，又单调。还有几块都裂了缝，过去我父母总叫它们"气泡"，隔着窗户朝外面看去，有棵树弯了腰，邮差过去的时候，会突然把背拱起来。

花园为长方形，四面都是墙。房子前面有片草坪，很大，有树遮阴，周围是一条砾石铺成的小路。这面的墙低矮些，可以看到花园周围的农院与房屋，农舍的边界是一条山毛榉林荫路，这是乡下惯常的划界的方式。

房子后面，靠西侧，花园延伸得要宽阔些。沿着南边的树篱有一条小路，两边开满鲜花，煞是好看，一排葡萄牙月桂树，又有几棵别的树，组成一块厚厚的幕，遮挡住了海风，故此小路被保护得好好的。还有一条路是沿着北墙过去的，消失在树丛中。我的几个表妹管它叫"黑暗小路"，天黑后，谁都不敢在上面走。这两条小路的尽头就是家庭菜园，菜园本与花园相连，只是地势低些，走下几级小台阶才能到。菜园底部，墙的另一侧，有道小门，门上有闩，不注意的话根本看不到，打开门闩，朝前走，是一片矮树林，那条山毛榉林荫道到了林子里头就左右分叉不见了踪影。站在西门口，目光越过小矮树林顶部，可以看到远处的高原，高原上长着庄稼，绿油油的真漂亮。不远处的地平线上，可以看到小村里的教堂，无风的时候，缕缕青烟从六七座农舍的屋顶上袅袅升起。

夏日的傍晚，吃过了饭，若赶上天气好，我们就去"低洼的花园"那里玩耍。我们从那道秘密的小门出去，一直走到林荫道上放着的一条长椅那里，欣赏乡下的美景。路边有个废弃的泥灰坑，坑上有个茅草搭的顶，我舅舅、我母亲，还有阿斯布尔顿小姐，就坐在椅子上歇息、看景。我们前面有个小山谷，谷中弥漫着雾气，目光越过远处的森林上面，天空变成了金黄色。然后，我们在花园低洼处逗留一会儿，那时天就已经黑下来了。进屋后，我们会看到我舅母在起居室坐着。她几乎不跟我们出去。对我们这些小孩子来说，夜晚就在那里结束了，可很多时候，我们还在自己的房间里读书，就听到大人们上楼去睡了。

白日里，只要我们没在花园里玩，几乎每一个小时都在"教室"里待着。"教室"就是我舅舅的书房，为我们专门放了几张课桌。我表弟罗贝尔跟我挨着坐，我们身后是朱莉叶特和阿莉莎。阿莉莎比我大两岁，朱莉叶特比我小一岁，我们四人当中，罗贝尔年纪最小。

我在这里写的并不是我小时候的事，而是我要讲的那个故事。我要说，这个故事的确始于我父亲死的那年。要么是因为父亲死了，要么是因为看了母亲那伤心的样子，我的神经受了过分的刺激，使我很容易受到新的感情的影响。我过早地成熟了，因此那年我们再去芬格斯玛尔农庄时，我就觉得朱莉叶特和罗贝尔越显稚嫩，而在我看到阿莉莎的时候，才猛然想到我俩已不再是小孩子了。

没错，这个故事的确始于我父亲死的那年。我记得我们到那儿以后，母亲马上就跟阿斯布尔顿小姐谈开了，这次交谈证实了这一点。我冷不丁地进了屋，母亲跟她朋友俩人正聊天，聊的是我舅母的事。母亲很生气，怪舅母没穿孝衣，要么就是脱孝衣太早了。（说老实话，露西尔·布兰科舅母穿黑孝衣，就像母亲穿带颜色的衣裳，都是难以想象的。）我记得我们到的那天，舅母身上穿了一件平纹细布长裙。阿斯布尔顿小姐还像平常那样，耐心安慰我母亲。

她有些羞怯地辩道:"其实,白衣也是孝衣。"

"她肩上那条红披巾你没看到?你也管那叫孝衣?弗洛拉,这话从你嘴里说出来,我真替你丢脸。"母亲急嚷道。

我只有在放假的时候才会见到我的舅母,夏天热,我舅母无疑才会穿那件低领口的透明上衣,而我记得的也总是她这副样子。她惹我母亲生气,让我母亲大为震惊的,倒不是那几条经常被她披在肩上的亮色的围巾,而是她的领口开得太低了。

露西尔·布兰科舅母长得很美。我至今仍留着一幅我给她画的小画像,画中的她还是原来的模样,显得很年轻,会让人误以为她是几个女儿的大姐,她一如既往地坐在一旁,头微微向左歪,小指很惹人爱地朝唇部弯曲。蓬松的卷发一半滚落在脖颈上,用一个大大的发网兜住了大半部分。上衣开口处,一个意大利镶嵌画的饰品垂挂在一条系得松松的黑色天鹅绒带子上。她那黑色的天鹅绒腰带上系着个宽大的蝴蝶结,飘在微风中,宽边草帽软软的,挂在椅背上——这一切为她增添了几分稚气。她的右手垂在身子一侧,拿着一本合着的书。

露西尔·布兰科的家是西印度群岛的,她这辈子从未见过自己的父母,或者在她很小的时候,父母就死了。母亲后来告诉我,她是个孤儿,多半是被遗弃的,牧师沃蒂埃同他妻子把她收养,那时候,俩人还没有孩子。牧师夫妻俩很快离开了马提尼克岛,带着她一同到了布兰科家住的勒阿弗尔。沃蒂埃家与布兰科家交好。我舅舅那个时候受雇于一家外国银行,三年后回来了,见到了小露西尔。他第一眼见到小露西尔就爱上了她,还向她求婚,这让他的父母、我母亲大为伤心。而当时,沃蒂埃太太已经生了两个孩子,开始担心他们领养的这个姑娘(露西尔的性格越发怪了)会带坏自己的孩子,何况,家里的境况也很糟糕。母亲跟我说这些事,就是为了叫我明白,沃蒂埃两口子为何当时很快活地同意了我舅舅求婚一事。我的看法是,这位叫露西尔的姑娘越来越叫人难堪了。勒阿弗尔那个地方的人我是再了解不过了,这姑娘这么迷人,天知道他们会说出什么样难听的话来。后来我也了解到,牧师沃蒂埃脾气好,为人谨慎,对人真诚,不会玩什么阴谋诡计,也对付不了各类恶人、恶事——这个老人当时定是走投无路了。至于牧师沃蒂埃太太,我就不说什么了吧,她生第四个孩子的时候死掉的,这个孩子同我年纪相仿,后来成了我的朋友。

  露西尔·布兰科几乎不同我们来往,中午吃完了饭才会从楼上下来,然后立即躺在沙发或吊床上,懒洋洋地伸开四肢,就那么一直躺到傍晚,起身后却还是原来那副倦怠的模样。她常常拿起一方手帕擦额头,看样子是在擦汗,可她的额头上哪里有什么汗,皮肤光滑得很,连一点儿瑕疵也看不到。她这方手帕总让我赞叹不已,因为做得十分精巧,又散发着香气，闻起来，倒像是鲜花的芬芳，不是香水的那种香味儿。她有时从腰间摸出一面小镜子，盖子是银色的，一滑就开了的那种，而她那束在腰间的链子上总是挂着各样的小饰品，她看看镜子里的自己，手指伸到嘴里润湿，然后摸摸眼角。她手上经常拿着一本书，却几乎总是合着的，一个玳瑁书签又总是夹在页码中间。你若走到她身旁，她并不会从沉思中回过神来看你。从她那粗心或疲倦的手中，从沙发后面，从衣裙的褶皱里，常常会看到她的那方手帕，要么就是一本书、一朵花或一枚书签落在地上。一天，我捡起她那本书来——我对各位说的可是一个孩子的记忆——发现是一本诗集，脸腾地一下就红了。

晚上吃完了饭，露西尔·布兰科也不跟我们同坐在桌边，而是坐在钢琴跟前，弹肖邦的一两首慢板马祖卡，默默地从中取乐，有时，某个小节只弹了一半就止住了，双手一动也不动，僵在了那个和弦上。

奇怪的是，同我舅母在一起时，我总觉得不大舒服，那种感觉很复杂，有不安，有困惑，又夹杂着几分赞赏与恐慌。也许是某种说不清的本能让我与她不对眼，后来我又觉察出，她瞧不起弗洛拉·阿斯布尔顿小姐和我母亲，弗洛拉·阿斯布尔顿小姐怕她，我母亲不喜欢她。

露西尔·布兰科，我多希望我不再对你怀有恶意，我多希望我能暂时忘掉你曾经给我造成的那么大的伤害……不管怎样，说起你时，我尽量不让自己心里有怒气。

那年夏季的一天，也许是次年夏季的一天，我记不清了，因为事情发生的地点总是那个样子，从来没变过，我能想起来的事有时会交叉在一起，有时又会记混，反正就是在那么一天，我去起居室拿一本书，她刚好在那儿。书拿到了，我转身刚要走，她就把我叫了回来——平日里，她就是看见我也装作没看见。

"你干吗跑那么快，杰罗姆？你是怕我吗？"

我的心一阵狂跳，慢慢地走近她的身旁，努力装笑，把手伸了出来。她一只手拉过我的手，另一只在我脸上摸着。"我的小可怜，你母亲把你打扮得好难看啊！"她说。

那时候，我常穿一件大领子的水手服，此时，我舅母就在扯我的领子。

"水手服的领子敞开些才好看，"说着她就解开了我衬衫上的一粒扣子，"喏，这样就好看多了嘛！"随后她就掏出她那个小镜子，她的脸凑近我的脸，用光溜溜的胳膊搂住了我的脖子，手伸进我的衬衫里面，笑嘻嘻地问我怕不怕痒——手还在朝下伸呢，越来越低……我猛地跳起来，用的力气太大，都把衬衫扯碎了，红着脸逃了，就听她在身后嚷叫：

"哦，你这个小笨蛋！"

我慌忙逃到菜园那头，掏出手帕，在一个小水罐里浸湿，放在额头上，用力洗，用力擦脸颊、脖子……凡是被那个女人碰过的地方都没放过。

露西尔·布兰科有时就会"犯病"。这病来得突然，整栋房子都会被她搅得天翻地覆。她每次犯病，阿斯布尔顿小姐都会慌忙把孩子们引到一旁，分散他们的注意力，可卧室或客厅里传出的可怕的尖叫声实在太大，要孩子们不去听是不可能的。我舅舅慌了手脚，我们听到他急匆匆地在走廊里跑动，一会儿拿毛巾，一会儿拿花露水，一会儿又要去取乙醚。我们围着桌子吃晚饭时，还不见舅母的影子，舅舅看上去又焦虑又苍老。

露西尔·布兰科舅母的病发作完了，她就会让人把孩子叫来——总叫罗贝尔和朱莉叶特——从来不叫阿莉莎。每逢这样伤心的日子，阿莉莎总会把自己关在屋子里，有时她父亲会跟她一起，因为过去他常和她谈心。

舅母的病让佣人们吃惊不小。一天晚上，她的病闹得正凶，我躲在母亲的房间里，起居室里发生的事我们不大能注意到，就听见厨子一边在走廊里跑，一边嚷道："先生，先生，快些吧！我那位可怜的太太就要死了！"

我舅舅去了楼上阿莉莎的房间，他下楼的时候，我母亲出去迎他。一刻钟后，我听到他们两个在我躲着的那间屋子的窗户底下低声说话，母亲的声音传到我的耳朵里。

"你知道我是怎么想的吗，亲爱的？她这是在演戏。"她把

"演戏"这个词说了好几遍,她一字一顿地说着:"演——戏。"

　　这件事发生在我的假期快结束的时候,那时父亲过世也快两年了。像以前一样,我还是不常见到我的舅母。这件伤心的事破坏了我们的家庭生活,在这件事之前,还出了一件小事,而这件小事又发生在最后的那场灾难前面,它将我此后对露西尔·布兰科的那种不确定的复杂的感情变为了纯粹的愤恨。不过,在说这件小事前,我先来说说我的表姐。

　　阿莉莎·布兰科长得美,只是我当时还没有察觉到,我被她吸引,迷恋她,倒不只是因为她长得美,而是因为她有魅力。她无疑长得很像她母亲,但她的眼神同她母亲大不一样,也正是因为这一点,我后来才意识到她俩长得像。我说不出她俩的脸长什么模样,五官我也不记得了,甚至连眼睛是什么颜色也忘了,我记得的只是她的笑容——一种几乎可以称得上悲伤的笑容——她的眼眉离眼睛出奇的远,挑起来的时候在眼睛上面就形成了一个圈。我从未见过这样的眼眉……不过,请等等!在但丁生活的那个年代,佛罗伦萨有座雕像,雕像上的眉毛就是这个样子。我幻想着贝阿特丽齐[①]小时候就有着像她那样的拱得又高又宽的眉毛。这双眉毛赋予了她的容貌、她的整个人一种充满了焦虑与自信的探究的表情,没错,这是一种充满了热情的探究的表情。她浑

[①] 贝阿特丽齐:但丁在《神曲》中歌颂的佛罗伦萨少女。

身都是疑问与期待。读者，听我慢慢对你说，这种疑问怎样征服了我，又怎样控制了我的生活。

然而，在外人眼中，朱莉叶特长得要更美些，快活、健康使她容光焕发，不过，她的这种美跟她姐的优雅气质相比显得有些浮于表面，又像某个物件，摊得大大的，摆在了整个世界的眼皮底下，一眼就被人看清了底细。罗贝尔呢，还只是个跟我年纪差不多的小孩子，过去，我常跟他还有朱莉叶特一起玩，跟阿莉莎聊天。我们玩的时候，阿莉莎很少掺和，如今我还能想起来她那严肃、温柔、若有所思的微笑。我们都聊了些什么？两个小孩子又能聊什么？读者，我稍后对你说吧，不过，我先要把我舅母的事讲完，就算是跟她做个了断。

父亲死了两年了，我同母亲在勒阿弗尔过复活节。我们没住在布兰科家，他们家的房子窄了些，我们住的是我母亲的一位姐姐的房子，那儿的房子宽大些。我这位姨母叫普朗提埃，以前我很少有机会见她，她丈夫死得早，一个人守寡多年。她的孩子比我年纪大得多，性格跟我大不同，我几乎不认识。

普朗提埃姨母家的房子其实不在城里，而是在一座名为"斜坡"的小山的半腰上，站在那里，可以俯瞰整个城市。我舅舅布兰科一家住在商业区，一条陡峭的坡道从他家直抵我姨母家。我每天山上山下要跑好几个来回。

那是很特别的一天，当时我正在舅舅家吃中饭。饭吃完了，他要出门，我就跟着他到了他上班的地点，然后回来去普朗提埃姨母家接我母亲。到家后才知道她跟我姨母出去了，晚饭时间才会回来。我赶紧下山去了城里，一个人四处闲逛的机会对我来说是很难得的，我就寻路去了港口那边，那天起了海雾，天色阴沉，我在码头上晃荡了一个多小时，然后突然想回家，出其不意地出现在阿莉莎跟前，吓她一跳，要知道，我可是刚刚离开她的。我一路跑着穿过了城市，到了布兰科家门前，按响了门铃。我刚想冲到楼上去，女佣就把我给拦下了。

"先别上去，杰罗姆少爷。别上去！太太又发病啦。"

我没搭理她，把她推到一旁，上楼去了。我要见的人并不是我舅母。阿莉莎的房间在三楼。一楼是起居室、餐室，舅母的房间在二楼，我听到有人的说话声从里面冒了出来。上三楼，我必须从舅母房门前过，过去的时候，我发现她的房门开着，一束光从屋里倾泻出来，落在了楼梯的平台上。我生怕她看见，犹豫了一会儿，隐身在暗处。眼前的一幕惊得我说不出话来，我舅母正躺在屋子中间的沙发上，窗帘拉着，两个大枝形烛台上插满了蜡烛，散发出明亮的光，罗贝尔和朱莉叶特站在她身旁，她身后有个小伙子，看着面生，穿着一套陆军中尉制服。今天，这两个小孩子在我眼中显得颇为怪异，不过那时我还单纯，有他俩在场，我反倒觉得心安了些。他俩正在大笑，看着那个陌生人，陌生人正在尖叫：

"布兰科！布兰科！……我要是有只宠物小羊羔，一定叫它布兰科。"

我舅母扑哧一声笑了。我见她手里捏着一支香烟，凑过去让小伙子给点上，然而只抽了几口，就扔在了地上。小伙子慌忙跑过去把残烟捡起，就像被桌子上垂下的布绊住了双脚，一个趔趄，双膝跪倒在我舅母跟前。多亏这可笑的表演，我溜过去的时候才没被发现。

我来到了阿莉莎的房门前。我等了一会儿。大笑声、说话声从楼下传了上来，我蹑手蹑脚地敲门，没有听到回应，也许是楼下的声音太大，淹没了我的敲门声吧。我推了一下门，门悄无声息地开了。屋里黯淡得很，我一时没认出阿莉莎。她正跪在床边。在她身后，最后的一道暮光从窗子里射进来。我凑近她，她一回头，却没站起来，嘴里嘟囔道：

"哦，杰罗姆，你怎么又回来了？"

我俯下身子吻她的脸，她的脸早就被泪水打湿了……

我的整个生活就是在那一刻被决定的：即便到了今天，我在回想起那一刻时心里还是一阵剧痛。毫无疑问，我很不理解阿莉莎的悲惨遭遇，却能强烈地感受到这悲惨的遭遇对她那跳动的弱小心灵、对她那因为啜泣而颤抖着的弱小的身体来说过于沉重了。

我一动不动,站在她身旁,她还在地上跪着。我的胸中涌出一股热情,这热情我不熟悉,也说不出来,可我还是搂住她的头,紧紧贴在我的胸上。我用双唇吻着她的额头,而我的整个灵魂也经由这两片嘴唇流淌了出来。爱,怜悯,还有一种混合了热情、自我牺牲与美德的难以分辨的情感使我迷醉,让我用尽全力向上帝祈祷——我愿献身,只为这个孩子此生再不受恐惧、邪恶、生活的侵害。我终于跪了下去,我的整个身体里充满了对上帝的祈祷。我将她拉到我身旁,听她隐隐说道:

"杰罗姆!他们没看到你,对吗?哦!你快走吧。千万不能叫他们看到你。"

然后,她的声音低了下去:

"杰罗姆,不要告诉任何人。可怜的爸爸还不知道……"

因此,我就什么也没对母亲说,可她同我普朗提埃姨母之间没完没了的耳语,以及每次我刚一听到这两个女人闲谈她们就用一句"快玩去吧,亲爱的"把我支开,还有她们那种神秘兮兮的、入神又苦恼的模样,却早已表露出她们并不是对布兰科家的私密事一点也不怀疑的。

我们刚返回巴黎就接到了一封电报,电文说要我母亲马上回勒阿弗尔。我舅母跑了。

"跟谁跑的?"我问被母亲留在家中的阿斯布尔顿小姐。

"亲爱的,这事你得问你母亲。我什么都不能对你说的。"

我们这位亲爱的老朋友说道。这件事搞得她惊慌失措了。

两天后，我同她去找我母亲。那天是周六。当时我心里就一个想法：在教堂里见我的表姐妹，那时我还小，在教堂这么神圣的一个地方见面对我来说是件大事。毕竟，我根本不关心舅母的事，考虑到名誉，我也没向母亲打听。

那天早晨，小教堂里人并不多。沃蒂埃牧师无疑有意选了基督的这句话："你们要努力进窄门。"

阿莉莎坐在我前面，跟我隔着几个座位。我看着她的侧脸，我专注地看她，完全忘掉了自己，我热切地听着牧师的话，这些话似乎是经由她的心传到我耳朵里的。我舅舅坐在母亲身旁哭泣。

牧师念了第一段完整的祷文："你们要努力进窄门。因为宽门、阔门通向的是毁灭，很多人会去那里。而窄门、狭路通向的是永生，到达那里的人少。"

然后，他开始阐述同一个主题的不同论题，他开始讲的是宽门的事……狂喜已让我迷醉，我就像是在做梦，看到了我舅母的那个房间，我看到她躺在沙发上，在大笑，我看到那个帅气的军官，也在大笑……想想看，大笑、欢乐已成了一种罪恶，一种暴行，已成了令人憎恨的夸张的罪孽！

"很多人会去那里。"牧师继续讲道，然后我看到他描绘出了一群身着盛装的人，那些人排着队，又笑又闹地走着，我觉得我不能跟他们走，我也不愿跟他们走，因为每同他们走一步，我都会离阿莉莎越来越远。随后，牧师又讲起了祷文的第一句话，我便看到了我们要努力进入的那道窄门。我陷入梦中，幻想自己正努力通过那道窄门，挤压的极度的痛苦令我快要无法忍受，却也略微品尝到了一种天国般的喜悦。这道窄门随即变成了阿莉莎的房间，为了能进去，我拼命挤压自己的身体，我把自己的私心内所隐藏着的一切东西都倒空了，因为……"窄门通向的是永生。"沃蒂埃牧师继续讲道。在所有的烦恼与悲伤之外，我幻想——我看到有另外的一种快乐浮现了出来，这快乐纯粹、圣洁、神秘，正是我的灵魂渴求已久的快乐。我幻想这快乐如同一首小提琴曲，调子又尖，却又十分柔和，就像热烈的带尖的火苗，而我和阿莉莎的心正在烈火中燃烧。我们身着《启示录》中提到的那种白袍，手牵着手，一起朝前走，向着同样的一个目标走去……这些孩子气的梦若只能让人发笑又如何？我重述这些梦，一字不改。只是我用词的功力不够，影像描述得也不完美，不能描述出那种确切的情感。

"到达那里的人少。"牧师结束了布道。他讲述怎样才能找到那扇窄门……"到达那里的人少"，我要成为其中的一个。

布道结束的时候，我的神经已是极度紧张，礼拜刚做完，我也不想见我表姐，就逃了。我逃跑是由于自负，我早就想好了，要考验一下自己的决心（因为我已经下了决心），想着只有这么做才更配得上她。

第二章

这番严酷的训导在我心中早有准备，也让我很自然地背负起了责任的包袱。有父亲、母亲做我的榜样，再加上我那年幼的心灵早已接受了清教徒式的教育，使我越来越靠近我过去常常听到的所谓的"德行"。自律对于我，正如自我放纵对于他人，都是一样自然的事，严酷的教育非但没让我觉得烦闷，反倒让我的心变得十分平静。我不像别人，付出无限的努力，就为了将来能过幸福的日子，追求幸福对于我而言并没有那么重要，其实，我在心里早已把幸福与德行搞混了。像所有其他的十四岁的孩子一样，我也还不成熟，容易受影响，但我对阿莉莎的爱促使我越来越远、越来越坚决地走在了我最初走的那条路上。我突然顿悟，认清了自己。我爱沉思，还没成熟，心中又隐隐地怀有一些渴望，我不在乎别人，自己的性格还有些闷，战胜自我的渴望在我心中是找不到的。我爱读书，只喜欢耗费脑筋的游戏。同学们的聚会我不常去，就算是偶尔参加了某些娱乐活动，也只是为了维护友谊或好意。然而，我还是同阿贝尔·沃蒂埃交上了朋友，并且在第二年，他也来巴黎了，同我在一个班。他这人挺讨人喜欢的，只是有些懒散，我对他更多的是喜欢，而不是尊重，但不管怎么说，我总算有了一个可以聊聊勒阿弗尔和芬格斯玛尔的人，而这两个地方正是我魂牵梦萦之地。

至于我表弟罗贝尔·布兰科，也转来我的学校了，比我低两级，我只在周日才会见到他。虽说他跟我的表姐妹大不一样，可依然是她们的弟弟，若不是因为这一点，我才不稀罕同他一起玩呢。

那个时候，爱完全占据了我的生活，也正是因为爱的光，让我对这两段友谊看得重了些。阿莉莎就是福音书上说的无价的珠宝，我就是那个不惜变卖家产也要把它买下的人。

我还是个孩子，却已经在谈论爱了，我给予我对表姐的这种情感一个爱的称呼，我错了吗？后来我经历的一切似乎都配不上这个名字，而且，当我足够老、承受肉体上突然出现的疼痛的折磨时，我的情感从本质上讲其实并没有发生太大的改变。我小的时候只想配得上她，长大后，也从未想过要直接占有她。工作、努力、虔诚的行为，这些我都献了出来，冥冥之中觉得都给了阿莉莎，我甚至还发明了一种更高贵的道德，依照这个标准，我为她做了很多事，可她往往还不知道。我就这样陶醉在虚幻的谦卑中，而且，慢慢地，还成了习惯——不费一番力气就不满足，根本不考虑自己舒服不舒服，唉！

是不是只有我受了这种争强好胜心的激励？我想阿莉莎未受任何的沾染，她并没有因为为我考虑，或是为了我，做任何的事。她那纯洁、天真的灵魂中的一切都是最具有自然美的。她的德行就像是在放松，透露出了那么多的闲适与优雅。她那严肃的表情因为她那稚气的微笑反倒增添了几分魅力。我想起她挑起眉毛时的那副温柔的、探寻的表情，也明白了我舅舅在失意的时候为何要去大女儿那里寻求帮助、意见与安慰。次年夏天，我常见他跟她说话。他的忧伤让他的容貌老了许多，吃饭时也几乎不说什么话，有时强作笑颜，让人见了难受，还不如沉默着的好。他总躲在书房里抽烟，一直抽到快要吃完饭了，阿莉莎进屋去叫他。好说歹说才能劝他出屋，然后她就领着他，就像领着个孩子。他们一起下楼去那条花径，一直走到通向家庭菜园的那几级台阶的最上头——我们在那里放了几把椅子。

一天傍晚，我没事做，就去屋外看书，草地上有一排高大的紫叶欧洲山毛榉，只隔着一道月桂树篱，那边就是那条花径，我正在一棵山毛榉的阴凉里看书，就听到阿莉莎正和我舅舅说话。他们无疑正在说罗贝尔，然后我听见阿莉莎提到了我的名字，就在我刚准备猜她说的是什么时，就听我舅舅大声喊道：

"他！哦，他一直都喜欢学习。"

我是无意中听到他们说这番话的，最初的念头就是赶紧走开，至少也该做些动作出来，好让他们知道我在这儿呢，可我又该怎么做？咳嗽一声？叫一声"我在这儿呢，我能听到你们说话"？这样未免太叫人难为情了吧，还不如就把好奇留在心里，一声不响地听他们接下来会说些什么。还有，他们只是从这里路过，说的话我根本听不清。可他们还是在慢慢地走着，阿莉莎还像平日里那样，臂弯上挎着个轻巧的篮子，从花架下面捡尚未成熟的果实，那时候，海面上经常起雾，她总把果实提早打落在地。我听到她在用很清晰的声音说道：

"爸爸，帕利西埃姑父算是出色的人吗？"

我舅舅的声音低沉，听不太清，我猜不出他说的是什么。阿莉莎又说："很出色，对不对？"

舅舅的回答我还是没听清，然后，阿莉莎的声音又响起来了：

"杰罗姆很聪明，对不对？"

我怎么能忍住不听呢？我根本做不到！可我还是什么也没听清。她继续说道：

"你觉得他会成为一个出色的人吗？"

这次，我舅舅提高了音调：

"首先，亲爱的，我得弄明白你嘴中的'出色'是什么意思。一个人就算不露声色，也可以很出色——至少在世人眼中不露声色——在上帝眼中却很出色。"

"对的，我说的就是这个意思。"阿莉莎道。

"这事还说不好。他年纪还太小。没错，他是很有前途，可只是有前途，并不一定就能成功。"

"那还要怎样做呢？"

"哦，我的孩子！我也不懂。肯定还要有自信吧，别人的扶持吧，关爱吧……"

"你说的扶持是什么意思？"阿莉莎打断了他。

"就是我一直缺少的关爱与尊敬。"我舅舅难过地说，然后，他们的声音就消失了。

晚上，我做完了祷告，为自己无意间听别人讲话而难过，便打定主意向我的表姐坦白。也许这次我的决心中混杂了一些好奇。

第二天，我刚张嘴坦白，她就说：

"杰罗姆，你这样很不对。你应该告诉我们你在那里，你走开也行。"

"我真的没偷听，我只是无意间听了那么一两句。你们刚好路过。"

"我们走得很慢。"

"是很慢，可我几乎什么都没听到。我几乎马上就听不见你们的声音了。当时你问舅舅成功的条件时，他是怎么说的？"

"杰罗姆，"她大笑道，"你听得蛮清楚的嘛。你想让我再说一遍，你觉得这样很好玩，对不对？"

"我真的只是听了个开头——他说什么自信和关爱。"

"他后来说，成功有很多其他的必备条件。"

"那你是怎么回答的？"

她的样子突然变得很严肃。

"他说生活中要有人扶持，我说你有你母亲呢。"

"哦，阿莉莎，她不能永远守着我，你是知道的——而且，这也不是一回事——"

她低下了头。

"他也是这么说的。"

我握住了她的手，我的身子在抖。

"不管我以后变成什么样子，也都是为了你。"

"可是，杰罗姆，我也有可能会离开你的。"

我的灵魂化为了下面这句话：

"我永远不会离开你。"

她的肩膀稍稍抬起来些。

"你够坚强吗？一个人走能行吗？到上帝那里，我们要凭自己的力量。"

"可你一定要指引我。"

"除了基督，你干吗还想要别的人指引你？我们向上帝祈祷时会忘了彼此，那时我们之间反倒更亲近，你不觉得是这样吗?"

"是的,"我打断了她,"也许是他让我们的心连在一起了吧。所以我早晚才会向他祈祷。"

"你知道神的交流是什么意思吗?"

"我知道得很。就是崇拜同一件事的时候两颗迷醉的心连在一起。我想是因为我想与你在一起,才会崇拜我所知道的你崇拜的东西。"

"那你的崇拜就是不纯洁的。"

"别对我要求太多。天堂里若没有你,我才不要去管什么天堂呢。"

她把手指放在嘴唇上,有些庄重地答道:

"你先去寻找天国与天理吧。"

我在写下这些话时心里自然很清楚,对那些无法意识到有些孩子故意用严肃的语气说话交谈的人来说,这些话显得很不稚气。我该怎么做?为它们辩解?不!我也不会粉饰它们,让它们看起来更自然。

我们早就学了拉丁语的福音书,里面有些长段落也都记住了。阿莉莎同我一起学习拉丁语,说是要帮她弟弟,其实,我想不过是听我朗读罢了。说真的,她不在身旁,我读什么书也感觉不到快乐。如果说有的时候这拖了我的后腿,也不是像人们想的那样,阻碍了我的心智生长,恰恰相反,似乎是她无处不在,很容易就走在了我的前面。我心中追求的东西总是由她做主，那个时候占据我们内心的，被我们称为"思想"的东西，也不过是为更细微的交流找的借口，不过是感情的伪装，爱的遮盖。

我母亲最初可能一直在担忧我们之间的这种感情，这种感情的深度她还没测量过。不过现在，她有了些力气，总爱把我们拥在怀中，对阿莉莎，也像对我一样，给予的都是母亲的爱。她本来就有慢性心脏病，这段日子越发严重了。有一回，她的病发得厉害，让人把我叫到跟前，对我说：

"我可怜的孩子，我很老了。总有一天我会离开你的。"

她不说了，她呼吸十分困难。然后，我抑制不住内心的冲动，突然说出了下面这句话，不知怎的，我似乎觉得她也正想让我说这句话：

"妈妈……你知道我想娶阿莉莎的。"这句话无疑续上了她心中的想法，因为她立即说道：

"是的，我正想跟你说这件事呢，杰罗姆。"

"妈妈，"我啜泣道，"你觉得她是爱我的，对吗？"

"是的，我的孩子。"她用温柔的语气重复了好几遍。"是的，我的孩子。"她很艰难地说道。然后，她又说："你一定要把这件事交给神去处理。"我俯下身子看着她，她将一只手放在我的额头上，说道：

"愿上帝永远伴着你，我的孩子！愿上帝永远伴着你们两个！"说完她就昏了过去，我没有叫醒她。

这番交谈就此搁置了，再没有说起过。第二天早晨，母亲感觉好了些。我又去学校了，将这个说了一半的秘密深埋在心底。不管怎么说，还用我知道更多的东西吗？阿莉莎无时无刻不在爱着我，我对此没有片刻的怀疑。即便有时会有，在接下来发生的这件伤心事中也永远地消失了。

一天傍晚，母亲很安静地走了，当时陪在她身旁的，有我，还有阿斯布尔顿小姐。这次病发作之初看起来和上几次没太大分别，只是到了最后，情况才变得让人担忧，而那时再去叫亲戚已为时太晚。母亲死的那天夜里，我同母亲的老朋友一起陪着我那亲爱的母亲的遗体。我深深地爱着我的母亲，尽管泪水早已将我的脸打湿，却不觉得太难受，让我有些诧异。如果我当时大哭一场，也是因为阿斯布尔顿小姐，她的朋友——比她年轻那么多岁——却赶在她前面去了上帝那里。我暗自想道，母亲死了，表姐很快就要来奔丧，这种想法取代了我的悲伤。

我舅舅第二天早晨就赶到了。他把他女儿为我写的一封信交给我，他女儿又过了一天才跟普朗提埃姨母一起来。

……杰罗姆，我的朋友，我的兄弟……她临死前我没能对她说出这番话，我十分难过，当时要是说了，她肯定就能得到她渴望已久的幸福了。愿她现在能原谅我！从此以后，愿上帝指引我们两个！

再见了,我可怜的朋友。

你的比以往任何时候都要温柔的阿莉莎

她写这封信是何用意?她说有些话没说出来,让她难过,除了我俩私订终身的话,还能是别的吗?我还小,不敢马上牵她的手步入婚姻殿堂。话说回来,我还需要她做出什么承诺吗?我俩的关系不是早就是未婚夫妻了吗?亲戚也知道了我俩的事,我舅舅也不反对,母亲也没说别的,恰恰相反,如今他对我早就像对自己亲生儿子那样亲近了。

几天后就是复活节了,那些天我一直待在勒阿弗尔,睡在普朗提埃姨母家,一日三餐几乎总在布兰科舅舅家吃。

我姨母费莉西·普朗提埃算是世上最好的女人了,但我的几个表姐妹、表兄弟,还有我,跟她并不太亲近。她终日忙个不停,动作不温柔,声音也不好听,她胡乱地爱抚我们,叫人烦得不行,一天中,总在不适当的时刻,她就突然激动了,用洪水般的热情对我们。布兰科舅舅很喜欢她,可是单从他说她的口气中就能轻易听出,其实他更喜欢的是我母亲。

"我可怜的孩子,"一天夜里她开口说道,"我不知道今年夏天你要做什么,不过,我愿等些日子,听了你的打算,我再料理我的事,如果我对你有些用处的话——"

"我还没想呢,"我答道,"说不定去旅游吧。"

她继续说道：

"你知道的，在这两个地方，还有芬格斯玛尔，你什么时候来都会受欢迎的。你舅舅跟朱莉叶特都希望你去那边……"

"你是说阿莉莎吧。"

"当然啦。抱歉……说了也许你不信。我还以为你爱的是朱莉叶特呢！直到一个月前——你舅舅告诉我的——你知道我很喜欢你，却并不了解你，我很少见你的……而且，我也不善观察，我没闲工夫管别人的事。我总看你跟朱莉叶特一起玩——我心里就想，这孩子这么漂亮的，这么快活的……"

"没错，我是很愿意跟她一起玩，可我爱的是阿莉莎。"

"好啦，好啦！反正这是你的事。老实说，我可是一点都不了解她。她比她妹妹话少。既然你选择了她，我想你是有充足的理由的。"

"可是，姨母，我并没有选择去爱她，我也不知道怎么就爱上她了——"

"别生气，杰罗姆。我说这话没恶意。哦，跟你说着说着就忘了我刚才想说什么了。哦，我想起来了！我想，当然了，你们会结婚的，不过服丧期间搞儿女私情总不大合适吧，另外，你还年轻。如今你母亲不在了，我想你待在芬格斯玛尔会叫人说闲话。"

"可是,姨母,我正想去那里旅行呢。"

"哦,那好吧,亲爱的,我想如果我去那儿的话,事情总会容易些,我早就想好了,今年夏天空出一部分时间陪你。"

"如果我叫阿斯布尔顿小姐的话,她肯定也会愿意去的。"

"是的,我知道她会愿意去的。可这还不够!我也要去。哦,我没想取代你母亲的位置,"说着说着她就突然啜泣了,"可我起码还能照看一下房子——还有——哦——你和你舅舅,还有阿莉莎,反正我不会让你们感到拘束的。"

普朗提埃姨母错估了她在场的威力。老实说吧,有她在场,我们都觉得很不自在。按她的安排,七月初她就在芬格斯玛尔住下了,我和阿斯布尔顿小姐随后去了她那里。

她说是要帮着阿莉莎照管房子,可她刚到那里,就把原本很安静的房子弄得很喧嚣。当初她说得很好,不干涉我们的事,还说会让"事情变得容易些",可她总把事情做过了头,以至于在她经过我和阿莉莎身旁时总搞得我俩紧张得说不出一句话来。她肯定觉得我俩的关系很冷淡,才没话说……就算我们说话,我俩的爱情她又能懂多少?然而,朱莉叶特的性子倒是很适合这种乱哄哄的场面,也许我对姨母的爱中掺杂了一些愤恨,我怪她爱她的小侄女,而且表现得还那么明显。

一天上午，邮差把信件送来后，她把我叫到跟前，说道：

"我可怜的杰罗姆，我的心彻底碎了，我女儿病了，要我照顾。我只得离开你了……"

我凭空觉得有些不安，就去找舅舅商量，姨母走了，我不知道自己还该不该继续留在芬格斯玛尔。可刚听完我说的第一句话，舅舅就大声嚷道：

"我的姐姐好可怜，多简单的事都被她弄得那么复杂，不知道接下来她还会弄出什么花样儿来。你干吗要离开我们，杰罗姆？我不是已经把你当自己的孩子看待了吗？"

算下来，姨母在芬格斯玛尔住了才两周。她刚走，整栋房子立马重归平静。这房子里又有了一种平静，跟幸福的气息很像。我们的爱情，没有受到我的丧亲之痛的侵染，只是让我们的爱变得沉重了些。单调的日子从此开始了，我们似乎身处在高高的有回响的地方，心脏的每一次最细微的跳动也能被耳朵听见。

我记得姨母走后，又过了些天，一天晚上我们围坐在桌边时提起了她：

"她闹腾得可真凶！"我们说，"她的生命中充满了激动，才让她几乎不得安宁，是不是这样？美妙的爱的形象的映像，在她心中变成了什么？"因为我们想起了歌德曾经这么说施泰因太太："看到整个世界映射在你的灵魂上是一件美妙的事。"我们当即创立了一套等级制度，将冥想的感官机制放到了最高的位置。我舅舅此前一直沉默着，这时悲哀地笑着责怪我们：

"我的孩子们，"他说道，"就算神的形象破碎了，也能被他辨认出来。我们在用一个人生命中的单个时刻评价他时，一定要当心。我那可怜的姐姐身上有很多毛病，让你们很讨厌，其实都是环境导致的，她生活的环境我清楚得很，所以我才不像你们那样责怪她。没有一种年轻时讨人喜欢的品质老了不会变质的。你们说普朗提埃'闹腾'，其实在当初是一种迷人的激情、自发的行为、冲动与优雅。实话对你们说，我们年轻时同你们现在没多大分别的。我年轻时很像你，杰罗姆——也许比我想得还要像。普朗提埃年轻时跟朱莉叶特现在的样子很像——没错，甚至长得也很像——我从一开始就发现她俩像了。"说着他把身子转过去，面对女儿："你的声音有些地方像她：你笑的时候像她——还有你有时坐着的样子，就是干坐着，什么都不做，胳膊肘支在身体前头，额头贴着紧扣的手指。她现在早就不这样了。"

阿斯布尔顿小姐转过身来，面向我，几乎私语般地说道：

"你母亲小时候就像阿莉莎现在这个样子。"

那年的夏天很美好。整个世界似乎都浸泡在了海蓝色的天空中。我们的热情战胜了魔鬼——死亡，暗影在我们眼前消散了。每天早晨我都会被喜悦唤醒，我黎明时起床，蹦下来，迎接新的一天的到来……当我梦到那段时光，它浑身就会像被露水洗过一样。朱莉叶特比她姐姐阿莉莎起得早些，阿莉莎却往往坐到夜很深了才睡，常与我去花园漫步。朱莉叶特是我和她姐姐间的信使，我总在跟她说我和她姐姐的事，她似乎永远都不会听腻。我对她说了我不敢对阿莉莎说的话，我说过度的爱让我紧张、羞怯。阿莉莎似乎很喜欢这样的小孩子游戏，看我同她妹妹聊得这么高兴心中很欣喜，全然不知道，或者假装不知道其实我们聊的正是她。

哦，爱的可爱的骗术，过度的爱的可爱的骗术，你都用了哪些秘密的手段让我们从大笑转为哭泣，从最自然的快乐转为了对德行的渴望！

夏日的时光那么纯粹，那么顺滑，忽地一下就过去了，日子悄悄溜走，溜得那么快，在我的记忆中几乎没留下任何痕迹。我只记得我们每天都在读书、交谈。

"我做了个伤心的梦，"假期很快就要过完了，在仅剩的那几个清晨，阿莉莎有一天对我说道，"我梦见我还活着，你却死了。不对，我没看到你死。只是——反正你就死了。这个梦太可怕、太荒诞了，我只是假装你不在我身边罢了。我们分开了，我觉得我可以找到一条路，去你的身旁。我努力寻找，费了好大力气想找到，结果就醒了。"

"今天早晨，我似乎依旧活在这个梦里，似乎这个梦还在继续。我觉得我好像还在同你分开着——要同你分别好久，好久——"然后，她又用低沉的语调补充道，"要同你分开一辈子——我们这辈子都要付出很大的努力……"

"为什么？"

"为了重聚，我们每个人都要付出很大的努力。"

我没把她说的这话当真，也许是怕自己当真。我的心狂跳着，心中突然有了勇气，对她说，似乎是在反驳：

"对了，今天早晨我也做了个梦，梦到我就要娶你了——我说的千真万确，除了死亡，没有什么可以将我们分开。"

"你真的以为死亡能把我俩分开吗？"她问。

"我是说——"

"刚好相反，我认为死亡能将我俩紧紧地连在一起——没错，将生命中分离的东西紧紧地连在一起。"

这番交谈让我们陷入了深思，以至于到了今天我依然记得当时我们说话时用的那种音调。然而，只是到了后来我才意识到这番话有多严肃。

夏日的时光飞逝而过。几乎所有的田地都空了，广阔的空间里的希望也快被倒空了。那天夜里——不对，是我动身前两天的那个夜里，我同朱莉叶特一起出门，一路向下，去了低洼菜园尽头的那片灌木丛边上。

"你昨天一再对阿莉莎说什么呢？"她问。

"你说什么时候？"

"就是你落在我们后面，坐在采石场旁边那条长椅上的时候。"

"哦！我想我在念波德莱尔的诗吧。"

"是哪首？你能读给我听吗？"

"不久后，我们将堕入阴冷的黑暗……"我不大情愿地背着，可我刚开始背，她就打断了我，换了种语调，用颤抖的声音接了过来："别了，太短促的夏日的骄阳！"

"哦！你也知道啊？"我吃惊极了，叫道，"我还以为你不喜欢诗呢……"

"为什么这么想？就因为你一首也没跟我读过？"她强作笑颜，说道，"你好像有时觉得我是个大傻瓜。"

"一个人很聪明，却不喜欢诗，是很有可能的啊。我从未听你背过诗，也没让我给你背过。"

"因为这都是阿莉莎的事嘛。"她沉默了好一会儿才突然开口问道：

"你后天就要走了，对吗？"

"是的，不走不行。"

"今年冬天你有什么打算？"

"在巴黎高师读一年级。"

"你打算什么时候娶阿莉莎？"

"等我服完兵役再说。甚至等我服完兵役,想清楚自己要做什么再说。"

"这么说你还不知道自己以后要干吗了?"

"我还不想知道。好多的事都让我着迷。我想还是尽量往后拖吧,等到最后没了退路,不得不静下心来专注于一件事的时候再说。"

"你不愿安定下来,这就是你推迟订婚的原因吗?"

我耸耸肩,没说话。她不依不饶地说道:

"那你们还在等什么?干吗不马上订婚?"

"我们干吗要订婚?我们知道自己在做什么,也知道以后会彼此相属,根本用不着向世人宣扬,这难道还不够吗?既然我愿意将自己的整个生命献给她,你觉得用一纸婚约束缚住我们的爱情会更高贵吗?我可不这么想!我觉得誓言是对爱情的一种侮辱。我不信任她,才要和她订婚呢。"

"我是说我并不是不相信阿莉莎——"

我们慢慢走着,到了花园中我前些年无意听到阿莉莎和她父亲说话的那个地方。我猛然想起刚才看到阿莉莎出来去了花园,正坐在最高的那级台阶上,说不定她也在偷听我们说话呢,有些话我不敢对她讲,却想让她听到,这想法诱惑着我,我觉得很好玩,就有意提高了声调:

"哦!"我大声叫道,声音中透着年轻人的那种热情,听起来却很不自然,我光顾着自己说了,根本没去注意朱莉叶特没说的那些话:"哦,要是我们能俯身在我们所爱的灵魂的上面,就像照镜子那样,看我们投射在里面的形象该有多棒!读对方的灵魂,就像读自己的,比读自己的还要棒!我们的柔情是那么平静——我们的爱情又是那么纯洁!"

我卖弄着口才,却不是真心讲这些话的,只想让朱莉叶特的感情激动起来。果真不出所料,她突然把脸埋在了我的肩膀上。

"杰罗姆!杰罗姆!我好想让自己相信你会让她幸福的!如果她因为你受了苦,我想我会恨你的!"

"哦,朱莉叶特,"我搂着她,抬起她的头,叫道,"如果那样,我都会恨自己的。我说的可是真心话!哦,我不愿找事做,就是因为同她在一起我会生活得更好!哦,我的整个未来都系在她身上了。哦,若没有她,我以后变成什么样子又有什么用?"

"你对她说这些话的时候她怎么说?"

"我从来没有跟她说过这些话!从来没有,我们没有订婚,也是因为这个,我们没说过结婚的事,以后做什么也没说过。哦,朱莉叶特!我跟她在一起是那么美妙,叫我不敢——你能懂吗——不敢跟她说这些。"

"你是想给她来个幸福的惊喜吗?"

"不!不是这么回事。我只是害怕——害怕她。你不明白吗?我怕我预见到的那猛烈的幸福会吓着她。那天我问她愿不愿意去旅行。她说她哪儿都不愿去，只知道有外国存在，外国很美，别国的人可以去他们国家就够了——"

"你呢，杰罗姆，你想去旅行吗？"

"想，我哪里都想去！生命对我来说就是一次漫长的旅行——同她一起，读万卷书，行万里路，见识万国的人。你想没想过'起锚'这个词的意思？"

"想过，我经常想呢。"她喃喃道。可我根本没搭理她，而是让她嘴里说出的那些话像可怜的受伤的鸟儿一样坠落在了地上，我继续说道：

"一天夜里起锚，在灿烂的清晨醒来，在动荡的波浪上感受着独属于我们两个人的时光——"

"然后，你们到了一个港口，小时候在地图上看过，那里的一切都那么奇怪——我幻想你在舷梯上，搂着阿莉莎离开了小船——"

"我们匆匆赶往邮局，"我笑着补充道，"去取朱莉叶特可能给我们写的信——"

"从芬格斯玛尔给你们写的信，她会留在你们身后，你们会想起她——哦，身子那么小，那么悲伤，离你们又那么远——"

这些是她的原话吗？我说不清，读者，我都跟你说了，当时我的心中满满都是爱，还有，除了爱的表达，别的东西我几乎都没有察觉到。

我们离那些台阶近了,刚想转身朝回走,就见阿莉莎突然从树荫下冒了出来。她面色苍白得可怕,吓得朱莉叶特尖叫了一声。

"我,我感觉不大舒服,"阿莉莎口吃了,慌忙说道,"天好冷。我想我还是进屋去吧。"说完她立即离开我们,匆匆朝房子走去了。

"我们刚才说的话她听到了。"看阿莉莎稍稍走远了,朱莉叶特大声说道。

"可我们没说让她气恼的话啊。相反——"

"哦,快别说啦。"说完她就赶紧去追她姐姐了。

当晚我没睡着。阿莉莎下楼吃饭,刚吃完就上去了,说头疼。我们说的话她听到了吗?我心里有些不安,回想着我和朱莉叶特说过的每一句话。然后,我想到也许不该跟朱莉叶特走得那么近,还用胳膊搂着她,不过,我们都是小孩子,经常这么做的啊,阿莉莎也常常见我俩这样散步。啊!我真是个盲目的可怜虫,总想着自己可能哪些地方做得不对,全然没去想也许是朱莉叶特说的哪些话被阿莉莎听在了心里,而我根本没留意。不管是因为什么吧!焦虑让我没了方寸,想着阿莉莎可能不再相信我又让我害怕,我也不管对朱莉叶特说过些什么了,也许正是她的话影响了我,决定——决定克服犹豫与担忧,明天就向阿莉莎求婚,也根本没想到这么做会有什么别的危害。

我离开的前夜。她伤心了，我想还是因为我要走吧。她似乎在躲避我。白日过去了，每次见她都同别人在一处，没机会走近她。我怕不跟她说一声就走了，便在晚间就要吃饭的时候去了她的房间。她正在屋内戴一串琥珀项链，胳膊抬高，正要戴上，身体稍稍前倾，背对着门，在两支点着的蜡烛中间的一面镜子中看自己。她在镜中先看到了我，没转身，而是又看了一会儿。

"哦，"她说，"门没关吗？"

"我敲门了，没听到你回应。阿莉莎，我明天就要走了，你知道吗？"

她没回答，那串项链戴了半天也没戴好，索性放在桌子上。"订婚"这个词对我来说太赤裸、太粗蛮，我就绕着圈子把意思说了。阿莉莎刚刚懂了我的意思，我就见她身子晃了一下，靠在了壁炉台上，好在没摔倒——我自己也是抖得不行，心中又怕，不敢看她。

我靠近她，眼睛都没敢抬起来，抓住了她的手。她没挣脱，头稍稍低垂，轻轻将我的手抬高了些，让自己的嘴唇贴了上去，半靠着我的身体，喃喃道：

"不，杰罗姆，不，求你了，我们不要订婚，好吗？"

我的心跳得好厉害，我想她都感觉到了，她一遍又一遍地说着，声音也更加温柔了：

"不,现在还不行——"

于是,我问她:

"为什么?"

"这话应该我问你才对,"她说,"你为什么改变主意了?"

我不敢跟她说昨天我和朱莉叶特聊天的事,但她无疑感觉到了我在想什么,似乎为了回应我的心思,她认真又诚恳地看着我说:

"你想错了,亲爱的。我并不需要那么多的幸福。我们现在不是很幸福吗?"

她想笑,却没笑出来。

"不幸福,因为我要离开你了。"

"听我说,杰罗姆,今晚我不想跟你说这些——不要毁了我们最后相聚的时刻。不,不,我会一如既往地喜欢你,你不要害怕。我会给你写信的,我会向你解释的。我答应你,我会给你写信的——明天——你一走我就给你写信。现在请你走吧。看到了吗,我在哭。你必须走。"

她推了我一把,让我轻轻地离了她的身体——这就是我们的道别了,因为当晚我没能再跟她说上话,次日早晨,我该走的时候,她又把自己锁在了屋内。我看到她在窗前站着,冲我挥手,看着我的马车远去。

第三章

那年，我跟阿贝尔·沃蒂埃几乎没见过面。那年他没等着征兵就去参军了，我呢，重修了修辞学，忙着备考拿学位。那年，我俩都上了巴黎高师，我比他小两岁，打算毕业后再去服兵役。

再次见面的时候，我俩都很高兴。退伍后，他花费一个多月去各地旅行。我怕他变了，一见面才发现他的魅力并未减一分，只是整个人变得更自信了些。新学期开始的前一天下午，我们在卢森堡公园游玩，我忍不住，最后就把我和阿莉莎的事对他说了，而这件事他好像已经知道了。这一年，他认识了几个女人，男女方面的事有了些经验，脸上不由得透出一股傲气与优越感，然而我并不烦他。他笑话我还没把这事搞定，又教给我一则真理，说对付女人，不能让女人有闲工夫想事，要一直搞得她不得安生。他滔滔不绝地说，我也不管他，却暗自觉得他的高论既不适合我，也不适合阿莉莎，这番话只能证明他不懂我们。

我们到校的第二天,我就收到了下面这封信:

我亲爱的杰罗姆:

你的建议,我想了好久。(我的建议!她怎么能这么说我们订婚的事!)我担心自己年纪太大,不适合你。也许你现在不这么想,因为你没遇见过别的女人。我一直在想,如果我答应了你,到时候你不爱我了,我会有多痛苦。你读到这些话时,无疑会很气恼,我想我听到了你的反驳,我这么说,并不是怀疑你对我的爱——我只是要你再稍稍等一会儿,等你对生活有了更多的了解再说。

请你明白我只是在说你——至于我,我觉得我永远不会停止爱你。

阿莉莎

停止相爱!这种事会有什么问题吗?这封信给我的更多的是震惊,不是悲伤,我的心乱死了,赶紧拿去让阿贝尔看。

"嗯,那你打算怎么做?"他把信看完了,一边摇头晃脑,一边噘嘴,我做了一个绝望的手势。"不管怎样,我希望你都不要搭理她!你要是跟女人吵,就输定了。听我说:如果我们周六晚上能去勒阿弗尔过夜,周日早晨就能去芬格斯玛尔,还能及时赶回来听周一上午的演讲课。服役后,我再没见过你们家的人。这个理由足够了，也是很可信的一个理由。如果阿莉莎看出这是个借口，那就更好了。我来对付朱莉叶特，你去跟她姐姐聊。千万别做傻事。实话告诉你吧，你的事我不太懂，有些事你瞒着我，没对我说。不管啦！我很快就会查个水落石出的。我只是要提醒你，不能让他们知道我们要去那里：你得给你表姐个惊喜，让她来不及防备。"

推开花园门的那一刻，我的心跳得好快。朱莉叶特马上跑来迎接我们。阿莉莎正忙着收拾衣物，没那么着急下来。我们跟我舅舅、阿斯布尔顿小姐聊天，最后她才进了客厅。如果说我们的突然出现让她有些不安，起码她也没表露出来。我想到了阿贝尔跟我说过的话，她这么久才露面就是想做好防备对付我。朱莉叶特见到我们快活极了，相比之下，她的矜持似乎显得更冷漠了些。我觉得她不愿意我回来，至少她在竭力掩饰她对我的厌恶，我也不敢想象在这厌恶背后是否暗藏着另外一种更加活泼的感情。她在离我们稍微有些远的地方找了个座位坐下了，那是靠窗的一个角落，她似乎将全部的心思都放在了刺绣上，她一边呼吸，一边数着织了多少针。阿贝尔说着话——多亏有他在场说话！因为我好像一句话也说不出来，若不是他兴奋地聊他在军队服役的故事，旅行中的见闻，这次会面恐怕就会有一个很让人沮丧的开始了。我舅舅似乎在冥思苦想。

吃完午饭，朱莉叶特赶紧把我拽到一旁，将我领进了花园。

"你到底是怎么想的?"看看四下无人,她才说,"有人向我求婚啦!费莉西姨母昨天给爸爸写了封信来,信中说有个尼姆的葡萄园主跟她说了,要向我求婚,她还说这小伙儿各方面都很不错,去年春天的几次派对上,他见过我,马上就爱上了我。"

"你对这人有印象吗?"我心里怀着对这位求婚者本能的恶意问道。

"有的,我想我记得他。人长得挺精神的,有点像堂吉诃德那种人——文化程度不高、很丑、很丑——可以说长得很可笑,连费莉西姨母见了他都忍不住想笑。"

"他有——机会吗?"我嘲讽地问。

"哦,杰罗姆!你怎么能?……做生意的人!等你见着他就不会这么问了。"

"那我舅舅是怎么回复人家的?"

"跟我的回答一样——我年纪还小,结婚还早。不幸的是,"她笑着补充道,"姑母早就知道我不愿意,在信的末尾加上了一句:爱德华·泰西埃先生——这是那人的名字——愿意等我,他之所以这么早向我求婚,就是为了提前'排好队'。太可笑啦,可我又该怎么办呢?反正我不能跟人家说你长得太丑了。"

"是不能这么说,说你不愿意嫁给种葡萄的总可以吧。"

她耸了耸肩,说道:

"姑母觉得这不是理由。还是让我们说些别的吧。阿莉莎给你写信了吗?"

她真能说,似乎很激动。我把阿莉莎给我写的那封信递给她,看完了,她的脸上露出绯红。我好像在她的口气中察觉到了一丝恼怒,她问我:

"那你打算怎么做?"

"我不知道。"我答道,"今天我不是来了吗,我反倒觉得写信容易些,我真不该来。那你懂她信中的意思吗?"

"依我看,她是想给你自由。"

"自由!我要自由干吗?你懂她为什么给我写这封信吗?"

她那个"不懂"简直就像是蹦出来的,不用猜我也明白了,这件事她也早已有了些了解。然后,我们走到小路的一个拐弯处,突然转身时就听她说:"我想在这儿待会儿。你来这儿不是跟我说话的。我俩在一起待的时间太久了。"

她飞一般地跑到房子里,过了一会儿,我听到她在弹钢琴。

等我回到起居室,发现她正在同阿贝尔说话,她一边说话,一边弹琴,似乎弹得很无心,隐约听着像是在即兴演奏。我让他俩接着聊,一个人去了花园,晃荡了一会儿,想把阿莉莎找到。

她正在果园尽头的一堵矮墙底下采摘刚开的菊花。花的芬芳混合着山毛榉林里枯死的树叶的气味，让空气中充满了秋的气息。太阳只是刚好能温暖花架，但东方的天空很纯净。她头上戴着一顶大大的荷兰农民帽，脸都被框住了，也几乎被遮盖了起来，这顶帽子是阿贝尔旅行时买的，她一见就立即戴上了。我走近的时候，她没有回头，但我从她那无法抑制住的身体的微微颤抖中已经知道，她猜出是我来了。我赶紧给自己鼓劲儿，准备迎接我早就感觉到的她那副愠怒、严厉的样子。可就在我似乎很害怕地开始放慢脚步靠近她时，我发现尽管她没转身，依然像个生气的小孩子那样低垂着头，却将一只抓满花的手伸到背后，像是在跟我打招呼，示意我继续朝前走。我看她这么做，反倒停下脚步，不走了，那意思是要戏弄她一下，她终于将身体转了过来，朝我这边走了几步，抬起头，我这时才看到她的脸上堆满了微笑。她灿烂的样子似乎让一切顿时变得又简单、容易起来，于是，我既没有用太大力气，也没有变换语调，开口说道：

"我回来，是因为你给我写的那封信。"

"跟我想的一样，"她说，然后口气变了些，责备的语调慢慢变得温柔了，"让我苦恼的正是这个。你为什么不喜欢我在信中说的？事情很简单嘛。（也的确如此，悲伤和困难在我现在看来根本就不存在，只是我自己幻想出来的，只存在于我的心里。）我不是跟你说了吗，我们现在很幸福，你想让我改变目前的状态,我拒绝了你,你干吗吃惊?"

和她在一起我真的感觉很幸福,幸福得无以言说,以至于让我想到我心中的那份渴望,同她心中的根本就没有一点不同,我早就什么都不渴求了,只愿她一直这样快乐地微笑,只愿我能同她手牵着手漫步在一条温暖的花径上。

"你要是想,"我很认真地说,一下子就把其他的愿望都丢掉了,让自己完全沉浸在此刻这百分百的幸福中,"……你要是想,我们就先不订婚。收到你的信的那一刻,我真的意识到自己是幸福的,然而我的幸福就要结束了。哦!快把我曾经拥有的幸福还给我吧,没有它,我活不了。我深深地爱着你,愿意等你一辈子,不过,若你不再爱我,或者怀疑我对你的爱,阿莉莎,我真的会受不了的。"

"哎呀!杰罗姆,我不会怀疑你对我的爱的。"

她说这话的时候声音平静而悲伤,但令她容光焕发的微笑依然是那么宁静,那么美,让我不由得为自己的恐惧与反驳感到惭愧,我觉得正是我的恐惧与反驳才让她的声音中有了我所感觉到的那种悲伤。我冷不丁地就开始说起了自己的打算,还有我所期待着的能让我得益的新生活。巴黎高师那个时候还不像现在这般好,校规严厉,对生性懒惰、脾气倔强的人来说的确很没意思,只对那些一心学习的人有好处。我倒很喜欢这种苦行僧式的生活,因为这可以让我和这个世界隔开,虽然我喜欢这个世界,却只是喜欢那么一点点,阿莉莎害怕这个世界，就足以让我觉得它可恨了。

阿斯布尔顿小姐依然住在巴黎当初与我母亲同住的那套公寓里。我和阿贝尔在巴黎几乎不认识什么人，每周日就同她待上几个小时，每周日我也会给阿莉莎写信，告诉她我生活中的点点滴滴。

我们此刻就在一个敞开的温床边上坐着，朝温床里看，黄瓜粗大的茎朝四处蔓延，最后的一点果实也被摘下了。阿莉莎听我说话，询问我。我从前从未感觉到她的柔情中竟然包含着那么多的牵挂，她的爱意中竟有着那么多的热切的渴望。恐惧、担心，甚至是情感上的最细微的波动，都在她的微笑中化作一股烟气消失了踪影，又像纯净的蓝色天空中的雾气，都融化在了这令人愉悦的亲密中。

然后，朱莉叶特同阿贝尔也来了，那天余下的时间里，我们几个人一起坐在山毛榉林旁的一条长椅上，大声朗读斯温伯恩的《时间的胜利》，每人轮流读上一个小节。夜来了。

该走了，阿莉莎同我吻别，然后脸上依旧是那副大姐姐的样子，也许是因为我刚才的冒失行为所致，也许是她本来就想这样，半开玩笑地对我说："听话，以后千万不要这样多愁善感啦。"

"那事怎么样了？你们订婚了吗？"等只剩下我和阿贝尔两个人了，他这样问道。

"我亲爱的伙计,这事已经不重要了,"然后为了防止他深问,我立即又补充一句,"这样也很好。我这辈子从未像今天晚上这么幸福过。"

"我也一样!"他大声叫道,然后突然用胳膊搂着我的膀子,"有件好事要对你说,是件十分美妙的事!杰罗姆,我已经疯狂地爱上了朱莉叶特!去年我就察觉到了,在那以后,我见了些世面,本打算再见到你的表姐妹再对你说的。我算是彻底没救啦!我的命运现在算是定啦!我爱,岂止是爱,我疯狂地爱上了朱莉叶特!我想了好久,我对你有一种连襟般的热恋。"

然后,他又是大笑,又是开玩笑,抱了我一遍又一遍,还像小孩子那样在通往巴黎的列车车厢里的坐垫上上蹿下跳。他这个消息让我完全惊呆了,我觉得他的故事里面有微微的文学色彩,让我颇为激动,面对他的热情与狂喜,我又怎能抵挡得住?

"什么?你向她求婚了吗?"我在他抒发兴奋之情的间隙问他。

"没有啊,没有啊,当然没有啦!"他大声叫道,"我不想跳过这个故事中最迷人的那个部分。爱情中最美好的那一刻,并不在于说'我爱你'①。快行了吧,你不会用这个怪我

---

① 出自普吕多姆的诗歌《爱情最美妙的时刻》。

吧？你啊，你啊——做什么事都拖拖拉拉的！"

"嗯，不管怎么说，"我有些生气地说，"你觉得她……"

"你没看到她再次见到我的时候都羞红脸了吗？我们就在那儿待了一会儿，可你瞧她那个兴奋的劲头儿，脸红得不行，说话又没个完！没有！你当然什么都没注意到啦！因为你的心都在阿莉莎身上啦！瞧她问我问题时的那个焦急的样子！我的话她都听进肚子里去啦！她的智识从去年起有了突飞猛进的发展。我不知道你从哪里知道的她不爱读书，你总觉得只有阿莉莎才什么事都能做。我亲爱的伙计，她知道的东西还真不少呢！你能猜到晚饭前我跟她去玩什么了吗？背诵但丁的一首小坎佐尼！我跟她一人背一句，我错了，她就给我纠正过来。你知道那首吧，开头是这么说的：'爱在我的脑袋里徘徊，令我思绪万千。'① 你没告诉过我她懂意大利语啊。"

"这事我自己都不知道。"我震惊了，说道。

"什么？我们开始背小坎佐尼的时候，她说当初是你背给她听的啊。"

"肯定是哪天她跟我们坐在一起，像平日里那样做针线的时候，我背了一首小坎佐尼给她姐姐听，被她听到了，不过，我想她听得懂才怪呢。"

---

① 原文为意大利语。

"没错！你跟阿莉莎自私到了令人瞠目结舌的程度。你完全沉浸在爱河中，身旁有那么聪明的一位姑娘，灵魂又是那么活泼，像鲜花一样怒放了，真是惹人爱，可你连瞥都不瞥她一眼。我可不是吹牛皮啊，但不管怎么说，就是在那一刻，我及时出现了。不，不是！我可不是生你的气，这个你要明白，"说着他又搂了我一下子，"只是你要答应我——这事千万不要跟阿莉莎说，一个字也别说。我想自己处理。朱莉叶特被我迷住了，这是毫无疑问的，而且，我敢把她先搁一搁，等到下个假期再说。我想在这段时间内我是不会给她写信的。可到时候我们会在勒阿弗尔一起过圣诞节，然后——"

"然后怎么了？"

"这么跟你说吧，然后阿莉莎就突然知道我们订婚啦。我是说，我得把这事办得漂漂亮亮的。你知道接下来会发生什么事吗？哦！有我们做榜样，到时候阿莉莎不肯也得肯啦。你肯定能成功，不过我们会说服她相信，不会抢在你们前头结婚的……"

他就这样说了下去，也不觉得累，用洪水般的话语将我淹没，甚至在列车到了巴黎站后还不肯罢休。尽管我们一路步行着从车站返回的巴黎高师，路上他也一直在说，尽管那时夜也已经很深了，他却非得还要把我送到寝室不可，就这样，我们在寝室里一直聊到了第二天早晨。

阿贝尔满腹热情,把现在同以后的事都安排妥当了。他提议到时候我们四个一起结婚,他早已看到了我们结婚时的样子,描绘出了那时的美好景象,幻想到了我们的吃惊与欢喜,并且开始迷恋我们美好的爱情故事,我们的友谊,以及到时候他要在我们的爱情中扮演的角色。他如此热心肠,令我无法抗拒,他的热情打动了我,想到他提的这个建议,我不由得有些心动了。我们的心中涌动着爱、勇气与激情,甚至等不到从巴黎高师毕业。我们要一起结婚了(婚礼自然是沃蒂埃牧师主持),结完婚,我们四个就一起去旅行,然后,有妻子在身旁帮忙,我们就要开始做一些有历史意义的事了。阿贝尔不喜欢教书,觉得自己天生是当作家的料儿,到时候写几部成功的戏剧,很快就能赚大钱,功成名就。我呢,只对学习感兴趣,至于学习的目的,倒是不太关心,我计划全身心投入到宗教哲学研究中去,打算写本这方面的史书。不过,现在回想起来,当初心里怀着那么多的希望,一点用处也没有。

第二天,我们就安下心来努力读书了。

第四章

转眼到了圣诞节。我的信念受了上次同阿莉莎交谈的激励，一刻也没动摇过。我早就下定了决心，每周日给她写一封长信，把我生活的细节统统告诉她，其余的时候，我几乎不跟同学来往，只是偶尔同阿贝尔聊聊天。我心里每时每刻都在想着阿莉莎，在最喜欢的书上写满了笔记，想着也许她会注意到，感兴趣的部分也不由自己做主，而是先想到她会不会感兴趣，觉得她感兴趣了，自己才会感兴趣。她写给我的信让我有些不安，尽管她准时给我写回信，我却觉得她如此心急地附和我，并不是因为她真心想这样做，而是担心没有她的鼓励，我的学业会荒废。我甚至还觉得，对我个人来说，思考、讨论与批评只是表达个人思想的方式，对她来说却不是这样，她常常用它们来掩盖自己的真情实感。有时我不由得会想，其实她在这场游戏中并没有感受到真正的快乐。反正我也不管啦！我想好了，绝不抱怨任何事，因此在我写给她的信中并未流露出一丝焦虑的痕迹。

十二月末了,我同阿贝尔起身赶赴勒阿弗尔。

我打算住在普朗提埃姨母家。到那儿以后,发现她并不在屋里,可还没容我进自己的房间,一位仆人就过来说她正在起居室里等我。

她刚询问完我的健康、居住情况、学业,二话不说就饶有热情地打开了话题:

"你还没告诉我呢,亲爱的,你待在芬格斯玛尔还满意吗?你的个人问题有什么进展吗?"

姨母问话不会拐弯抹角,完全是一片好心,我只好挺身应对,她很草率地把人家的感情说出来,而这些感情即便是用最单纯、最温柔的话语说还是显得粗鲁,但我并没有别的办法,只好忍着心中的疼痛任她追问。可话又说回来,她的语调那么自然,那么和善,用言语触犯她总归不是明智的做法,然而,我还是忍不住稍稍反驳了她一下。

"你去年春天不是说过我订婚年纪还太小吗?"

"我是说过这话,这我知道,这种事刚开始都要这样说的。"她又开始唠叨了,同时捧住我的两只手满怀深情地握着。"还有啊,考虑到你的学业、服兵役的事,再有好几年也结不了婚,这我也知道。而且,就我个人来说,我是不同意订婚拖得太久的。订婚的日子拖久了,对女孩子是一种折磨,尽管有时候看着也挺让人感动……这样的话,订婚的事就不要人家知道就是了……彼此心知肚明的,也用不着再给女孩子找婆家了。还有，这样也不妨碍你们通信、交往，万一有谁前来求婚——这种事很有可能发生的，"她会意地一笑，暗示了一下，接着说道，"只需暗示那么一下，说句'不用了'，人家就知道是怎么回事了。你知道吗，有人向朱莉叶特求婚了！今年冬天，有个小伙子被她吸引住了。她年纪还小，她自己也是这么回复人家的，可那小伙儿说愿意等她，其实，叫小伙儿并不对，那人早就不年轻了……总之，他俩挺般配的，那小伙儿是个靠得住的人。哦，对啦！明天你就能看到他了，他要来看我的圣诞树。快跟我说说，你对他是怎么看的？"

"恐怕，普朗提埃姨母，他是白费劲吧，朱莉叶特心里早就有人了。"我说，憋住劲没直接提阿贝尔。

"是吗？"普朗提埃姨母说着用询问的目光四下里扫视了一下，然后把头歪到一旁，脸上露出怀疑的神色，"你可吓到我了！既然有这事，那她干吗不对我说？"

我咬咬嘴唇，憋住了，没再说下去。

"哦，行吧！那我们就等等看。朱莉叶特最近身体不大舒服，"她继续说道，"……我们现在还是不说她了吧。啊！阿莉莎也出落得很迷人了。快点跟我说说，你向她表白了吗？"

我一听到"表白"这个词就反感得很，我觉得这么说话很不恰当，很粗鲁，姨母直截了当地问我，我又不能说假话,只好有些为难地说"表白过了",可话刚一出口,我的脸就烧得通红。

"那她是怎么说的?"

我低下了头,我本不愿回答她的。我的脑袋里还是乱七八糟的,可还是答道:"她不同意订婚。"

"嗯,这孩子做得对,"姨母说,"你的时间还多的是,天知道……"

"哦,姨母!别说了,够了。"我设法阻止,可哪里管用。

"另外,这个结果我也不奇怪,我总觉得你那个表姐比你敏感……"

我不知道这时候我是怎么了,反正她这样盘问我让我气恼得不行,我觉得我的心好像突然爆炸了,我就像个孩子那样,一头扑倒在姨母的大腿上,一边啜泣,一边大声说:

"不,姨母,不!你不懂。她没让我等……"

"什么!这么说她拒绝你啦?"她的口气中透着最仁慈的怜悯,用手将我的头抬了起来。

"不——不——不是那样的。"我伤心地摇着头说道。

"你是怕她不再爱你了吗?"

"哦,不!我不怕这个。"

"我可怜的孩子,如果你想让我懂你的话,你干脆就说得明白些。"

我暴露了我的软弱,又羞又恼,我说话含含糊糊,姨母自然不懂,不过话说回来,阿莉莎拒绝了我,背后是否有隐情,普朗提埃姨母若好生帮我问问,说不定就能把事情弄清楚呢。她看出了我的心思,说道:

"听着,明天上午阿莉莎过来帮我装扮圣诞树,很快我就能弄明白是怎么回事了,吃午饭的时候我告诉你,你先把心放肚子里,没什么好担心的。"

我去布兰科家吃饭。朱莉叶特真的不舒服了好些天,在我眼中,整个人都变了模样,绷着脸,眼睛里透着愤怒,几乎可以用冷酷来形容,让她跟她姐姐比起来越发显得不同了。那天晚上,我和她,还有她姐姐都没有单独说上话,我也不想说,舅舅看着好累,吃完晚饭我很快就走了。

普朗提埃姨母每年都会弄一棵圣诞树在屋里,那天,一大群的孩子、亲戚、朋友都来凑热闹。圣诞树在里屋放着,屋里有楼梯,开门出去就是前厅、起居室,还有一座装着玻璃门的冬季花园,里面早就摆好了各式餐具。圣诞树还没装饰完,办派对的那天早晨,也就是我来的第二天,照我姨母对我说的,阿莉莎会很早过来帮她在树枝上挂各种装饰物、彩灯、糖果、玩具。到时候时间有的是,我可以踏踏实实地同她一起做这件事,不过跟她聊天的事要交给普朗提埃姨母去做。因此,我没见到她就一个人先出去了,晃荡了整个上午,想消除掉心中的焦虑。

我想看看朱莉叶特，就先去了布兰科家。可我听说阿贝尔先于我到了，我生怕打扰了他俩聊天，就赶紧走了，然后在码头、街上游荡，直到中午快吃饭了才回去。

"你真是个大傻瓜！"一见面，姨母便大声对我说，"凭空给自己惹烦恼，真是不能原谅你！昨天你对我说的没一个字是正经的。哦！我也不兜圈子，就直说了。阿斯布尔顿小姐帮我们干活儿，累坏了，我就把她支开了，等只剩下我和阿莉莎两个了，我就直截了当地问她去年夏天为什么没答应你。你猜她怎么说的？她根本没觉得不好意思，很平静地说不想赶在妹妹前结婚。当初你要是也能像我这样明明白白地问她，她也会对你这么说的，把事情搞得这么乱倒也好，你说呢？看到了没，亲爱的，说话就是要直白。可怜的阿莉莎啊！她还跟我提到了她父亲，说不能离开他。哦！我们聊了好久。亲爱的孩子！她天性敏感，跟我说很不确定自己就是你要找的那个人，生怕自己年纪太大了，还说要你找一个像朱莉叶特那么年轻的……"

我姨母还在唠叨，可我早就听不下去了，我只关心一件事——阿莉莎不愿赶在妹妹前面结婚。可不是还有阿贝尔吗？这个极其自负的家伙说的毕竟是对的，就像他说的，他想一下子解决掉两桩婚事。

阿莉莎当初拒绝了我，原因竟是如此简单，听了这个消息，我立马兴奋了，可我还是尽量掩饰着，不让姨母看到，只是脸上露出了欣喜。在她看来这是很自然的表现,她也高兴,因为她觉得我这么高兴都是她的功劳,但午饭刚吃完,我便找了个借口,匆匆离开她,去找阿贝尔了。

"啊!我当初是怎么对你说的?"我把好消息对他讲了,他一边抱着我,一边说道,"我亲爱的伙计,今天上午我同朱莉叶特聊天了,也算把我们的事差不多解决了,尽管我们主要聊的是你。可她看上去很累,很紧张,我不敢太刺激她,生怕待得太久了会让她过于兴奋。不过听你跟我说了这番话,我决定不再犹豫啦!亲爱的伙计,我要戴上我的帽子,拿过我的手杖走啦。你赶紧跟我去布兰科家,揪着我的燕尾服的下摆,不然的话,我怕自己会飞起来,我感觉自己比欧弗里翁还要轻盈!① 当朱莉叶特知道了她姐姐之所以拒绝是因为她——等我当场向她求婚——啊!我的伙计,今天晚上我就会看到我父亲站在圣诞树旁边,将两只手伸向跪倒在他跟前的两对新人的头上,一边向上帝祈祷,一边欣喜地流泪了;阿斯布尔顿小姐将会轻叹一声,不见了踪影;普朗提埃姨母也会消失,只留一件上衣,灯火闪耀的圣诞树将像《圣经》中描述的圣山那样,一边拍手,一边唱圣歌。"

将近傍晚的时候,圣诞树上的灯才会点亮,孩子、亲戚、朋友们才会聚到一处。我一个人也不知道做什么好,心

---

① 欧弗里翁,希腊神话中阿喀琉斯的儿子,长有双翼。

中焦虑,又等得不耐烦,就离开了阿贝尔,走长路去悬崖边逛荡,消磨时间,不想迷了路,等把路找着,回到普朗提埃姨母家,派对早就开始了。

我一进大厅就见到了阿莉莎,她似乎在等我,见我进来,马上就朝我走过来了。她今晚脖子上戴着一枚紫蓝色宝石的小十字架,很旧了,挂在上衣开口处,正是我送给她的那枚。这枚十字架是我母亲的遗物,我送给她做纪念用的,以前却从未见她戴过。她面容憔悴,露出忧伤的神色,看了让我难受。

"你怎么来这么晚?"她说得很快,有些喘不过气来,"我想跟你谈谈。"

"我去悬崖那边,没想到迷路了……可是你病了吗……哦,阿莉莎!你这是怎么了?"

她在我跟前站了一会儿,几乎说不出话来,嘴唇在颤抖。我吓得六神无主,不敢开口问她。她抬起一只手放在我的脖子上,像是把我的脸朝她身上拽,我看出来她想说话,可就在这时,几位客人进了屋,她顿时沮丧了,松开了手……

"太迟了。"她喃喃道。然后,见我眼里浸满了泪水,为了回应我询问的目光,补充道(似乎这样一个微不足道的解释就足以抚慰我的内心一样!):

"别……别怕,我只是有些头疼,孩子们闹得那么凶……我得在这儿暂避一会儿——现在我得回去了。"

她猛地转身走了,丢下我一个人在屋里。这时,又有几个人进来了,将我和她分隔开。我在屋里的另一头看到了她,她被一群孩子围着,正同他们做游戏,我和她之间隔着几个人,这几个人我都认识,要想去她身旁,难免不被拦下与人交谈,我就没敢过去。我感觉自己没办法友善地对待别人,跟人聊天,如果我沿着墙根过去的话,说不定……我真的试了。

就在我经过通向花园的那几扇大玻璃门前时,感觉胳膊被人抓住了。是朱莉叶特,她的半边身子躲在门口的窗帘后面。

"我们去暖房吧,"她焦急地说道,"我想跟你谈谈。你先走,我一会儿过去。"然后,她把门打开一半,停了一会儿,溜进了花园。

出什么事了?但愿我能见见阿贝尔。他说什么了吗?他都做了些什么?我返回大厅,挤过人群直奔暖房,朱莉叶特正在那里等我。

她的脸烧得通红,眉头紧皱,露出一副冷酷、痛苦的表情,眼睛里喷着火光,好像整个人正在发高烧,就连说话的声音也变得刺耳、紧张了。某种愤怒让她激动,尽管当时我的心中充满了焦虑,却还是被她的美貌震惊到了,几乎搞得我十分窘迫。除了我们两个,周围再没有别的人。

"阿莉莎跟你说了吗?"她立即问道。

"没说两句话,我回来晚了。"

"你知道她想要我先结婚吗?"

"知道。"

朱莉叶特盯着我……

"你知道她想要我嫁给谁吗?"

我没回答。

"嫁给你!"她大声喊道。

"什么!她这是疯了!"

"的确疯了!不是吗!"朱莉叶特的声音中既透着绝望,又透着得意。她站直了身子,说将身子猛地朝后一仰倒更准确些。

"现在我知道往后该怎么做了。"她含糊地补充道,说完打开花园的门,随手重重摔上。

我的脑子和心在打旋。我感觉太阳穴里的血在涌动。我的心乱死了,那时只有一个念头:找到阿贝尔,说不定他能解释这姐妹俩儿的怪异举动。我不敢返回起居室,生怕别人看到我慌乱的模样。我出去了。花园中冰冷的空气让我的心静下来,我在里面待了一阵子。夜幕降临,海上的雾隐蔽在城中,树上的叶子已落光,大地与天空都是一片广阔无边的苍凉。歌声飘荡在空中,无疑是孩子们正围着圣诞树唱赞美诗。我从前厅进去了。起居室、内厅的门都开着，起居室中此刻已空落落的，我看到姨母坐着，半边身子被钢琴挡着，在跟朱莉叶特说话。内厅里，大堆的客人围着圣诞树。孩子们唱完了赞美诗，周围静了下来，沃蒂埃牧师站在树跟前开始布道。他绝不会错过所谓的"播种良种"的机会。我感觉灯光、热气压迫得我难受，就又出去了。阿贝尔正在门边站着，毫无疑问，他已经在那儿站了一会儿了。他一脸怒气地看着那些客人，我们四目相对的那一刻，他耸耸肩膀。我朝他走了过去。

"傻瓜！"他低声道，然后又突然说，"哦，我们出去吧，我受够了牧师讲道。"

我们刚到屋外，他就又说了一句："傻瓜！"我担心地看着他，没说话。"哦，她爱的是你，你这个傻瓜！你怎么没告诉我？"

我吓坏了，不懂他在说什么。

"是的，当然了！你根本就看不出来嘛！"他抓住我的胳膊，疯了似的摇晃着。他紧咬牙关，嘴里发出嘶嘶的颤抖的声音。

"阿贝尔，我求你了，"我静了一会儿说道，我的声音也在颤抖。他拽着我，迈着大步胡乱朝前走。"你不要这么生气，快告诉我出什么事了。我什么都不知道。"

他突然停住，借着街灯发出的黯淡的光仔细看我的脸，然后猛地将我拽到他的身旁，把脸伏在我的肩膀上，啜泣着喃喃道：

"请原谅我！我自己也是个傻瓜蛋，我跟你一样，什么都不懂，我可怜的兄弟！"

他哭着，似乎平静了些，他抬起头，又开始朝前走，接着说道：

"出什么事了？说了又有什么用？我不是跟你说了嘛，今天上午我和朱莉叶特聊天了。她特别美，特别兴奋，我还以为都是因为我呢，但事实是，因为我们聊的是你她才这样的。"

"当时你没意识到吗？"

"没有，真的没有，但现在，我连最细微的细节也清楚了。"

"你没搞错吧？"

"搞错！我亲爱的伙计，她爱着你，你竟然看不出来，你一定是瞎了。"

"那阿莉莎……"

"阿莉莎就只能做出牺牲了。她发现了妹妹的秘密，想把你让给她。真的，我的老伙计，这事不难解释！我想再跟朱莉叶特谈谈，我刚开口，或者说得更准确些，她刚弄明白我的意思，就突然从沙发上站了起来，重复了好几遍下面这句话：'我懂。'听她说话的口气，真是很懂的。"

"哦！快别开玩笑了！"

"开玩笑？我干吗跟你开玩笑？我觉得这事太可笑了。她冲进了姐姐的房间，我听到她俩在大吵大闹，让我担心死了。我想再见见朱莉叶特，可过了一会儿，阿莉莎从屋里出来了。她戴着帽子，见到我似乎有些窘迫，说道：'你怎么样？'说完就出去了——这就是全部的经过。"

"你没再见到朱莉叶特吗？"

阿贝尔稍稍迟疑了一会儿。

"见到了。阿莉莎走后，我猛地推门进去了。朱莉叶特站在壁炉前面，一动不动，胳膊肘支在大理石壁炉台上，双手捧着脸颊，正盯着镜子里的自己。她听到我进了屋，也没回头，而是跺着脚哭号道：'哦，你快走，让我一个人静一静！'她的声音好刺耳，吓得我再也不敢问什么，就转身出去了。就这样。"

"现在你感觉如何？"

"哦，跟你说了会儿话让我感觉好了些……现在该怎么做？唉！朱莉叶特伤心了，你好好安慰安慰她，依我对阿莉莎的了解，如果你不这么做的话，她是不会回到你身旁的。"

我们又默默地朝前走了一会儿。

"我们该回去了，"他终于说道，"想必客人们这会儿都走了。父亲怕不是正在等我呢。"

我们进了屋。起居室里果然空了,那棵圣诞树的枝条都被扒掉了,彩灯也几乎都灭了,周围坐着我姨母和她的两个孩子、布兰科舅舅、阿斯布尔顿小姐、牧师、我的表姐妹,还有一个长相很可笑的男子,我记得这人刚才跟我姨母聊了很久,但直到这一刻我才猛然想到他正是朱莉叶特对我说过的那个向她求婚的人。这人比我们每个人都要高大、强壮,肤色也更深,脑袋也几乎秃掉了,跟我们相比,完全是另一个世界、另一个阶层、另一个种族的人,他好像也察觉出了自己在我们当中是生客,紧张地搓弄着大大的八字胡,以及下唇下面那缕已变得灰白的小胡子。

前厅门开着,里面没亮灯,我俩悄无声息地溜进去,没被人察觉到。我突然有了一种不祥的预感。

"停下!"阿贝尔抓住我的胳膊说道。

只见那个陌生男子走到朱莉叶特身旁,握住了她递给他的那只手,她没有抗拒,也没有瞥那人一眼。黯淡的夜几乎将我的心门锁住了。

"哦,阿贝尔!这到底是怎么回事?"我低声问道,就好像我根本不懂似的,或者希望自己不懂似的。

"天啊!做妹妹的要超过姐姐了,"他嘶嘶道,"她不想被姐姐落下。天使在天堂鼓掌欢呼,没错的!"

我舅舅过去拥抱朱莉叶特,阿斯布尔顿小姐同我姨母也围了过去。沃蒂埃牧师也走过去了。我朝前走出一步。阿莉莎看到了我，激动地朝我跑了过来。

"哦，杰罗姆！万万使不得！她根本不爱他！哦，她今天上午才告诉我的！快阻止她，杰罗姆！哦，她以后该怎么办啊？"

她绝望地依靠在我的肩膀上恳求我。我愿放弃生命减轻她的痛苦。

突然从附近的圣诞树旁传来一声喊叫，接着又是一阵忙乱。我们慌忙跑过去。朱莉叶特已晕倒在我姨母怀中。周围挤满了人，都俯下身子看她，我们几乎看不到里面的情况，她的脸苍白得吓人。从她那剧烈抽搐的身子来看，不像是普通的晕倒。

"没事的，没事的！"姨母大声叫道，想要已六神无主的布兰科舅舅放下心来，沃蒂埃牧师食指指着天，已经在安慰他了。"没事的，没事的。只是情绪有些激动，崩溃了。泰西埃尔先生，你力气大，快过来帮我一把，把她抬到我屋里，放在我的床上，放在我的床上。"然后，她又俯下身子对大儿子低声说了些什么，我看到那小孩马上跑了，无疑是去请医生了。

我姨母跟那个陌生男子搀扶着朱莉叶特的胳膊，她半躺在他们怀里。阿莉莎抬着妹妹的两只脚，温柔地抱着她。阿贝尔拖着她那早已朝后仰的头，我见到他俯下身子不停吻着她那飘动的头发，还用手不停帮她拢着。

我在门外停住脚步。朱莉叶特在床上躺着，阿莉莎对泰西埃尔、阿贝尔说了几句话，说的是什么，我并没听清，然后就见她把两人送到门口，求我们先走，让她妹妹好好休息，她想和普朗提埃姨母单独陪妹妹坐一会儿，不希望别的人在场。阿贝尔一拉我的胳膊，就把我拽出门外进入了黑夜中，然后我们就漫步目的地朝前走了好一阵子，心中已没了希望，也没了思想。

第五章

我活着,好像除了爱,再没有别的理由,我紧紧地抓住爱,却对爱没有任何期待,我的心中除了阿莉莎,再也没有任何的渴望。

次日早晨,我正打算去看她,姨母递给我她刚刚收到的一封信,信上是这么写的:

> ……朱莉叶特静不下来,直到今天早晨才听医嘱,吃了些药。我求杰罗姆先不要过来,过些天再说。朱莉叶特会听出他的声音、他的脚步声,她现在急需要静养。
>
> 我担心朱莉叶特的病让我脱不开身。若我不能在杰罗姆走前见他,就请您告诉他,亲爱的姑母,我会给他写信的……

布兰科的家门唯独对我一个人关闭了,别的人都可以去。我姨母或者别的人都可以随便敲,甚至她今天上午还打算去一趟呢。我还能怎样呢!想出的每个借口都是那么无力!那就算了吧。

"那好吧,"我说,"我不去了。"

不能立即见到阿莉莎,让我吃了不少苦头,但另一方面,我又怕见她,我怕她说是我把她妹妹搞生病的,与其见她气恼,倒不如不见她来得容易些。

反正我一定要去见阿贝尔。

等到了他家门口,女仆递给我一张纸条,就见上面写着:

> 我给你留个信息,省得你焦虑。一想到住在勒阿弗尔,离朱莉叶特那么近,我就受不了。我昨天晚上去南汉普顿了,几乎在我与你分别后就去了。余下的假期,我打算在伦敦与S君一起过。我们在学校见吧。

人世间能给予我的帮助一下子都没了踪影。我不能在这里继续待下去了,这样只会让我痛苦,于是还没开学我就返回了巴黎。我将目光转向上帝,转向给予所有真正的安慰与恩泽的上帝。我向上帝倾诉我的苦恼。一想到阿莉莎也在上帝的怀抱中寻找庇护,一想到她也在向上帝祈祷,我的祈祷就有了力量。

漫长的苦思与苦读的时光过去了,其间没有别的事发生,只是不时收到阿莉莎写给我的信,我不时给她回信。她的信我都留着,有它们在,在我以后困惑的时候,就能重新理清回忆。

我不时从我姨母那里听到勒阿弗尔的消息,起初只是她告诉我,我从她口中得知,朱莉叶特最初发病的那几天让人操碎了心。我离开的十二天后,收到了阿莉莎写来的这封信,信中说:

> 请原谅我没有及时给你写信,我亲爱的杰罗姆。我们那可怜的朱莉叶特让我几乎抽不出时间来。你走了,我几乎每时每刻陪护着她。我恳求姑母将我们的消息告诉你,我想她这样做了。因此你就应该知道了朱莉叶特最近这三天好了些。我早已谢过上帝,心中却还不敢有任何的欢喜。

读者,我迄今为止很少提过的那个罗贝尔,在我返校几天后也来巴黎了,也对我说了他两个姐姐的消息。我本不愿跟他待着,但考虑到他的两个姐姐,还是多抽了些时间出来同他在一起聊天。他读的是农校,每次放假都由我照顾,我没别的办法,只好想方设法逗他开心。

我从他口中得知（我既不敢问阿莉莎，又不敢问我姨母），爱德华·泰西埃尔常过来对朱莉叶特嘘寒问暖，只是在罗贝尔离开勒阿弗尔后，朱莉叶特还没见过他。我还听说朱莉叶特死活不肯跟她姐姐说话，真是叫人无法想象。

我稍后又从我姨母那里得知朱莉叶特非要把订婚的事公之于世，尽管我本能地觉得阿莉莎是要她马上跟那个男子一刀两断。阿莉莎定是苦口婆心地劝妹妹趁早将这件事做个了断，可朱莉叶特分明铁了心，紧皱眉头，对她视而不见，任凭她怎么劝也不开口说话。

时光飞逝。我从阿莉莎那里——说真的，信上我不知道该对她写些什么——收到的除了遮遮掩掩的消息再没有别的。冬日的浓雾包裹着我，书房里的灯光，我的狂热的爱以及信念，都无法驱散我心中的冰冷与黑暗。

然后，一个春日的早晨，我突然收到了阿莉莎写给姨母的一封信，当时姨母没在勒阿弗尔，就把这信寄给了我，信的内容我抄了一部分，便于读者明白我的故事。

  钦佩我的屈服吧。依你说的，我跟泰西埃尔见着了，还聊了好久。我承认他的一举一动让人挑不出毛病来，我也几乎承认这桩婚事并不像我当初担心的那般糟糕。朱莉叶特不爱他，这是肯定的，可我觉得他每一周都越来越配得上她的爱。他说到了当前的境况，看得很准，也完全摸清了妹妹的脾气，他很自信，说付出爱终会有回报，还自夸道：凭他这股劲头儿，没有做不成的事。也就是说，他深深地爱上了朱莉叶特。

是的！杰罗姆费尽心思照顾我弟弟，我极其感动。我想他这么做只是出于一种责任感，因为罗贝尔的性子跟他的很不一样——当然了，也许是为了取悦我——但毫无疑问的是，他已经认识到了一个人肩上的担子越重，就越能培养、提升灵魂。这种高深莫测的想法您想想就是了，千万不要过分地笑话您那愚蠢的大侄女，因为正是这种想法给我了支持，帮我试着将朱莉叶特的婚事当好事来看。

亲爱的姑母，你热心的关爱对我而言十分珍贵。但你千万不要觉得我不快乐，我反倒要说我现在生活得很快乐，因为朱莉叶特刚刚经历的这番考验也影响到了我。《圣经》上的这句话我过去常读，却不懂，如今它的意义却变得很清晰了："信任别人必招来不幸。"我记得在《圣经》上偶然读到它之前，我曾在一张小小的圣诞卡片上看到过，想来那已是很久以前的事了，当时杰罗姆年仅十二岁，我也只有十四岁，卡片就是他送给我的。卡片上印着一束花，我们当时觉得很美，旁边还有几句话，是高乃依的一首诗：

> 是怎样的魔力战胜尘世，
> 将我引来见上帝？
> 依赖别人的人，
> 必然遭遇不幸。

我承认我更喜欢耶利米那些简单的诗。杰罗姆当初选这张贺卡时自然没大注意到上面这些诗行。不过，若从他写给我的那些信中判断，如今他的想法已跟我的很相像了，我每天都在感谢上帝，愿他一下子就能将我们两个越来越近地拉向主的怀抱。

我没有忘记我们的交谈，我也不再像过去那样频繁地给他写信了，生怕耽误他学业。您无疑会想我一直在谈论他是为了获得补偿，还是就此搁笔吧，不然写得就太长了。别怪我这次写这么多。

看完这信，我的心中真是五味杂陈！我怪我姨母干涉我的私事（阿莉莎在信中提到的那次谈话是怎么回事？她沉默又是因为什么？），瞎对我好，把这封信转寄给我。光是忍受阿莉莎的沉默就够我受的了，这回又……我的天啊！她不愿对我说的话都对别人说了，还不如让我不知道的好！这封信上的每个字都让我恼火，她那么轻易地就把我们的私事对姨母说了，说得还那么自然，那么平静，那么严肃，又那么快活，真是气死我了！

"别气恼，别气恼，我亲爱的伙计！这封信没什么好恼的，只不过不是写给你的罢了。"阿贝尔安慰我道。我终日同他在一起，除了他，我再也找不到可以说话的人，尽管我俩性情很不同，但每次我孤独、脆弱的时候，渴望同情、丧失自信的时候，以及犯错的时候，总是去他那里寻找安慰。不过，也许正是因为我俩不同，才让我觉得他的意见是可以信赖的吧。

"我们来研究一下这封信。"说着他就把信展开，平铺在了书桌上。

我在恼怒中过了三夜，那封信在身边也留了四日，最后，我实在忍不住了，只好去找阿贝尔，他对我说：

"我们就把朱莉叶特跟泰西埃尔的事扔到爱的火焰上吧，好吗？我们知道那火焰有多大价值。听我说，泰西埃尔这么干无异于飞蛾扑火，自取灭亡。"

"我们先不要说这个了吧！"我说，他的玩笑让我心里很不舒服，"我们看剩余的。"

"剩余的，"他说，"剩余的都是写你的。你真的没有什么可抱怨的。阿莉莎说的每一句话，每一个字，无不渗透着对你的想念。可以说整封信都是寄给你的，姨母把信转寄给你,这叫物归原主。阿莉莎把信写给这位好心肠的夫人,不过是权宜之计,没办法写给你,才写给她的。你姨母哪懂什么高乃依的诗?(顺便说一下,这不是高乃依的诗,是拉辛的诗)实话告诉你吧,她这是在对你说心里话呢,她的每一句话都是对你说的。从现在开始算,两周内,你表姐若没有给你写一封轻松愉快的长信,那就说明你是个大傻瓜……"

"她好像不太可能这么做。"

"她怎么做完全取决于你!你想听取我的意见吗?从现在起,你们相爱、结婚的事一个字都不要提,你没看出来吗,自从她妹妹遭了不幸,她抱怨的不就是你们的爱情和婚姻吗?只对她说兄弟之情,说罗贝尔的事,不要厌烦——反正你有耐心,可以照顾那个小家伙儿。一直逗她笑就是了,剩下的事自然水到渠成。啊!要是我能给她写封信的话!"

"你还不配爱她。"

我还是依照阿贝尔说的做了,阿莉莎的信果真开始活泼了些,我却不指望着她能有多高兴,或者毫无保留地吐露真情,等朱莉叶特的状况,或者说她的幸福稳定了再说。

阿莉莎信中告诉我她妹妹的身体好了许多,婚礼定在七月份举行,还说这天希望我跟阿贝尔能安心读书。我懂她的意思,她觉得我俩不去参加婚礼反倒更好些,因此我俩就撒了个谎,说要考试什么的,送上祝福就完事了。

朱莉叶特婚后过了大概两周,阿莉莎就给我写来了一封长信。她在信中是这么说的：

亲爱的杰罗姆：

想象一下昨天我随手翻开你送我的那本拉辛的迷人的《圣咏集》时吃惊的样子，我发现了这样的四句诗，你过去送我的那张小圣诞卡片上印着的就是这四句，最近这十年，那张卡片一直在我那本《圣经》里夹着。

是怎样的魔力战胜尘世，
将我引来见上帝？
依赖别人的人，
必然遭遇不幸。

我本以为这是高乃依哪首诗中的一部分，我也承认当时没觉得这诗如何好。不过，当我读到第四卷《圣咏集》时，偶然碰到了几句异常美妙的诗，我无法抗拒内心的激动，非得把它们写在这儿不可。我从你在这本书的留白处冒冒失失地写的那两个大写首字母判断，你肯定已经知道是哪几句了。（我的确有这样的习惯：不管是在我的书中，还是在阿莉莎的书中，只要看到喜欢的段落，都会在段落旁边附上阿莉莎名字的大写首字母,就是为了让她看到。)不管啦,我反正很喜欢这几句诗,就抄写下来吧。我起初有些生气,还以为这几句诗歌是我最先发现的呢,没想到你早知道了,不过后来我的坏脾气消失了,想到你也像我一样喜欢它们,心里就很欢喜。我抄的时候,还觉得是在和你一起重读呢。

  雷鸣般的声音响起,
  用永恒的智慧告诉我们:
  人类,我的孩子啊!
  只靠自身能有什么成就?
  虚妄的灵魂,
  你从血管里出卖最纯洁的血液,
  真是天大的错误!
  你换来的不是可以填饱肚子的圣饼,
  只是虚幻的泡影。

  我说的圣饼,
  是天使的粮食。
  它是上帝用小麦的精华,
  亲手做成的,

吃一口，满口生香，
尘世间的餐桌上怎能见得到？
你们想活吗？
那就来吧！
快拿着它，吃了就能活。
……

被俘获的灵魂啊，
你怎么那么快活，
在枷锁中竟寻到了平静，
永不枯竭的泉水将浸润全身。
这泉水欢迎每一个人，
谁都可以饮用。
我们却拼命奔向泥泞之地，
那里有虚幻的池塘，
无时无刻不在漏水。

这诗好美！杰罗姆，这诗好美！你是否像我一样也感觉到了它的美妙呢？我那个版本中的注释中说，德·曼特侬夫人听到德·欧玛尔小姐唱这首赞歌时，似乎被深深地迷住了，还落了几滴眼泪，要她再念一遍呢。如今我把它记熟了，给自己背诵时永远不厌倦。我唯一的遗憾就是没听你读过。

我们那对新人去旅行了,途中不时传来好消息。尽管巴约纳、比亚里茨热得让人害怕,可你知道吗,朱莉叶特却喜欢得不得了。在那以后,他们又去了封塔拉比亚,在布尔戈斯停留了一会儿,然后两次穿越比利牛斯山脉。现在,她又在蒙塞拉给我写来一封热情洋溢的信,他们打算在巴塞罗那再住十天,再回尼姆,因为九月底爱德华就得回来为酿造葡萄酒的事忙活了。

我和父亲如今已在芬格斯玛尔住了一周了,再过四天,阿斯布尔顿小姐和罗贝尔也要来了。你知道吗,那可怜的孩子考试没过,并不是考题有多难,而是主考老师尽问他些怪问题,搞得他一头雾水。你说他学习很努力,我却怎么也不能相信他没有认真备考,不过,我觉得这位主考老师好像总是以折磨别人为乐。

说到你成功通过考试,亲爱的,祝贺的话我就不说了吧。我极其相信你的能力,杰罗姆!每当我想起你,心中总是充满了希望。你愿意立即着手做你说的那项工作吗?

我们这儿的花园中什么都没有变,只是房子里显得很空荡！我要你今年不要来，其中的原因你能懂，对吗？我觉得这样反倒更好些，我每天都对自己这样说，因为见不到你的影子，我一个人在这地方好难待长久。有时，我会不由自主地四处找你，我读书的时候会半途停下来，让自己的脑袋飞快地转来转去……就好像你在我身旁一样！

　　还是接着写我的信吧。此刻已是黑夜，每个人都睡了，我坐在敞开的窗户前熬夜给你写信。花园中充满了香气，空气也热了。你还记得吗，当初我们还是小孩子的时候，无论看到什么东西，听到什么声音，都觉得十分美妙，我们还常常对自己这样说："感谢上帝创造了一切。"今晚，我是在同自己的整个灵魂对话！感谢上帝创造了如此美妙的夜晚。我突然就想要你在我身旁了，我感觉你就在我身旁，离我那么近，我的心中燃烧着如火的热情，我想也许你能感觉得到。

　　没错，你在写给我的信中说的这句话是对的："在慷慨的灵魂中，羡慕总是迷失在感激中。"我要写给你的事还有那么多！我想起了朱莉叶特说过的闪光的国度。我也想到了别的国度，更宽广，更亮，然而也更像沙漠。我有一种奇怪的信念——现在还不知道怎么说——我和你终有一天会看到某个神秘的国度——可是，啊！我也不知道那是一个什么样的国度……

读者，你无疑能想象得到这封信给了我多么大的欢喜，我在读的时候，爱的欣喜又让我啜泣得多么厉害！她又给我写了别的信。我没去芬格斯玛尔，阿莉莎的确对我表示了感谢，她也的确求我今年不要去见她，可我不在身旁，她也的确感到遗憾了，她想要看见我，字里行间都是她对我的恳求。我要从哪里找来力气抗拒这恳求呢？无疑可以从阿贝尔的建议中去找，可以从突然毁掉我的幸福的恐惧中去找，还可以从我抵抗心的呼唤的坚强意志中去找。

我接着又收到了几封信，将与我的故事有关的部分都抄下来了。

亲爱的杰罗姆：

读到你写来的信，我的心儿快乐地融化了。我刚要回复你从奥尔维耶托写来的那封，就又收到了你从佩罗贾写来的那封，还有你从阿西西写来的那封。我的心早就跑远了，只有身体留了下来，真的，你去翁布里亚的路上，我始终在陪着你。你清晨出发了，我也上路了，还用一双新的眼睛同你一起看落日……你在科尔多纳的阳台上真的呼唤过我吗？我听到你的声音了。我们在阿西西山上快渴死了，可我一想到方济各会的修士们会为我们送来清水，我就感觉那么美好！哦，我的朋友！我正是通过你的眼睛看到了一切。我好喜欢你写的那段关于圣方济各的话！是的，我们苦苦寻觅的真不该是思想的解放，而是灵魂的升华，对不对？思想的解放只会带来令人厌恶的傲慢。我们不该反叛，应该侍奉。

尼姆传来的消息好极了，我觉得我似乎得到了上帝的准许，可以好好快乐一下了。今年夏天投在我心中的唯一的暗影就是我父亲的精神状况。我百般照顾他，可他依然很悲伤，或者说在我离开那的那一刻，他就又沉浸在悲伤中了，想让他从这种状态中走出来已是越来越难。周围的自然美景用某种语言诉说着人世间的快乐，而这种语言在他眼中变得越来越陌生，他甚至都不愿再花心思弄懂它了。阿斯布尔顿小姐精神很好。我将你给我写来的信大声读给他们听，每封信都可以让我们聊上足足三天，然后你的下一封信就又来了。

罗贝尔前天走了。他要去和R君度过剩余的假期，听说R君的父亲是一家现代农场的头儿。我们在这里过的这种日子他自然觉得很无趣,他说起要离开这里时,我没别的办法,只能鼓励他。

……我要对你说的话还有好多。我特别想说话,不停地说!有时候我发现自己肚子里没了词汇,心里也没了清晰的想法——今天晚上,我写这封信时就像在做梦一样——我只能意识到一种几乎可以说是压迫的感觉,觉得有无穷的财富等着我去给予、获取。

漫长的冬日里,我们是如何做到默不作声的?我们分明是在冬眠嘛。哦!但愿整个漫长的冬季快快过去!如今,我又找到你了,生命、思想、我们的灵魂,一切的一切似乎都是那么美妙,那么可爱,那么丰富,永不枯竭。

9月12日

我收到你从比萨寄来的信了。这里的天气也很棒。我以前从未想过诺曼底竟然也会有这么美的天气。前天我走了好长的路,就是没有目的地走,穿过了这一带的乡野。我回来的时候,累倒不太累,只是兴奋得很,阳光和欣喜几乎让我美得晕了过去!我根本不用在意大利,就能想象出一切有多美。

是的，我亲爱的朋友，如你所说，我真的在大自然的"模糊的圣歌"中听到了、弄懂了一种快乐的激励。我可以在每只鸟儿的歌声中听到它，我可以在每一朵鲜花的芬芳中闻到它，我还慢慢懂得了热爱是唯一的祈祷的方式，一遍又一遍地同圣方济各一起祷告："上帝啊！上帝啊！"我的心中充满了难以言说的爱意。

不过，你不要担心我会变成一个大傻瓜。最近我读了好多书，这几天一直下雨，可以把"热爱"收起来放进书里了。我刚读完马勒伯朗士，就赶紧开始读莱布尼茨的《给克拉拉的信》。然后，就当休息一下，读了雪莱的《钦契》——没意思，就又读了他的《含羞草》。我觉得雪莱和拜伦的全部作品加起来，都比不过去年夏天我们一起读的济慈的那四首颂歌，就像我觉得雨果的全部作品加到一起都抵不过波德莱尔的那几首十四行诗一样。听我这么说，你一定很生气。在我看来，"伟大的诗人"这种称呼没什么意义——重要的是要做一个纯粹的诗人。哦，我亲爱的弟弟！我感谢你耐心教我理解并爱上了这些东西。

对了，不要为了我们短短的几天相聚缩短了你的行程。说真的，我们还是暂时不要见面为好。相信我，如果你同我在一起了，我就不会再想念你了。我说这话你的心里一定很痛，不过，我想好了，不想让你再出现在眼前了——现在不要。我够坦白吧？如果我知道你今天晚上要来，我肯定会逃掉的。

哦！求你不要让我解释我为何这样想，我只知道我每时每刻都在想念你（这就足够让你快乐了），我也很快乐。

收到最后这封信不久后，我从意大利回来，马上就去服兵役，被派往南锡了。我在那里谁都不认识，不过一个人也挺好，因为这会让我爱的人，让阿莉莎本人，更加清晰地认识到，她的信是我唯一的避风港，而且如龙沙说的，想念她，是我唯一的"隐德来希"①。

说真的，我遵循着严酷的规矩生活着，因为我知道正是这规矩才让我们变得这么快乐。我让自己的心硬下来，写给她的信中绝口不提其余的事，只怪她不在我身边。我们甚至觉得，这长久的分离是在考验我们的勇气。"你从不抱怨，"阿莉莎在信中写道，"我根本想象不出你软弱的样子。"为了证明她说的这句话，我还有什么不可以忍受的呢？

---

① 隐德来希，古希腊哲学家亚里士多德用语，意思是实现了目的。

从我们最后一次见面算起差不多过去一年了。她似乎没意识到这一点，只是现在才开始计算着日子等我，为此我在写给她的信中责怪了她。她却回信道：

我不是跟你去意大利了吗？没良心的！我一天都没有离开过你。你一定要弄懂，有段时间我不跟你在一起了，也只有这段时间才是我所说的"分离"。我真的想象你穿军装的模样了，却怎么也想象不出来。我最多能想到晚上你待在甘必大街上那间小屋里写信或者读书的样子——可是，不，就连整个我也想象不出来！而事实上，我只能想象出一年后你在芬格斯玛尔或勒阿弗尔的样子。

还得等一年！过去的日子就让它过去吧，我也不数了，我的心只扑在将来的那一天上，我看到它慢慢地近了。你还记得花园一头护着菊花的那堵矮墙吗？那时候我们的胆子可真大，竟敢爬到上面去来回走。你和朱莉叶特那么大胆地在上面走，就好像你俩是直奔天堂的穆斯林，我只迈出去一两步脑袋就晕了，脚也软了。你常常在下面对着我喊叫："不要看脚下！眼睛直视前方！别停！一直朝前看！"然后，你帮了我——我说的不是你说的那些话帮了我，而是你终于从墙那头爬上去了，在那边等我。这下我就不怕了,头也不晕,脚也不软了,除了你,我再也看不到别的东西,噔噔跑过去,扑到了你的怀里。

杰罗姆,我若不信你,会变成什么样子?我想要你变得强大,我想依靠你。你不要软弱!

出于抵抗的心理,我们有意延长了等待的日子,也是因为害怕见着了彼此不满意,我们商量好我在巴黎跟阿斯布尔顿小姐一起度过几天的圣诞节假期。

读者,我前面提过了,她写给我的信,我没有全抄下来。这里的一封是她大概在二月中旬写来的,信中说:

前天,我在巴黎街上走着,碰巧在M商店的橱窗里看到了阿贝尔写的书,摆放得好显眼,别提我有多兴奋了。你说过他要写本书出来,可我还不信。我忍不住就进去了,可那书名看着可笑得很,我都好不意思对店主讲,一度想随便买本书出门就算了,幸好在柜台旁边看到了一小堆《如胶似漆》,我就拿了一本,把钱放在柜台上,话也不用说,就出去了。

我真的要多谢阿贝尔没有把这本书寄给我!我读的时候总觉得很丢脸,我觉得丢脸并不是因为书本身如何，说真的，我看里面的蠢话倒比下流话多，而是因为你这个名叫阿贝尔·沃蒂埃的朋友竟然写出了这样的一本书。我一页一页地翻着，想在里面找到"伟大的天才"这几个字，你要知道《时代》杂志的评论中可是这么说他的呢。勒阿弗尔就这么大点儿地方，经常可以听到人们说起阿贝尔这个名字，听人说书卖得还很不错呢。他写的那些东西蠢得真是无药可救，可人们还说写得很"轻盈"，很"优雅"，我不管别人怎么说，反正我总是小心翼翼地不发一言，除了你谁都没告诉，我是读过这本书的。可怜的沃蒂埃牧师，起初觉得伤心得很（他这样就对了），可现在也慢慢想通了，干吗不为自己儿子取得的成就骄傲呢？他认识的那些人也都这么劝他。昨天，在普朗提埃姑母家，V女士突然对她说："你一定要高兴些，牧师先生，你儿子那么了不起的！"他就很窘迫地答道："哦！我还没有这种感觉呢！""你会有的！你会有的！"姑母无疑很真诚地说，可听她的口气，她分明是在极大地鼓励他，人们就都笑了，他自己也笑了。

《新阿坝亚尔》出来会引起怎样的反响？我听说要在哪家通俗剧院上演了，报纸上也都开始在讨论了呢！可怜的阿贝尔！这真的是他想要的那种成功吗？他会满足吗？

　　昨天，我读《永远的安慰》时看到了这样的一句话："人类的一切荣耀，甚至是一切暂时的荣誉，一切可以言说的伟大，与上帝的永恒的荣耀相比，都是无用的、愚蠢的。"由此我想："哦，上帝啊！我感谢你选择了杰罗姆接受这份来自天国的荣耀，与之相比，另外一种荣耀是无用的、愚蠢的。"

　　日子过得单调，几周，几个月过去了，除了回忆与希望，我的心找不到别的可以依附的地方，我就几乎没有察觉到日子过得有多漫长。

　　我舅舅和阿莉莎六月份要去尼姆郊区看朱莉叶特，她那个时候差不多要生小孩了。听说她身体不大好，他们就早些起身了。阿莉莎也给我写来了一封信，她在信中说：

　　你最后那封寄到勒阿弗尔的信是在我们离开后到的。不知怎么回事，这封信过了整整一周才转到我手里。那一周，我整天魂不守舍，灵魂不住地颤抖，整个人变得可怜兮兮的，简直就像个乞丐。哦，我的弟弟！只有同你在一起时，我才是真正的我，才能超越自我。

　　朱莉叶特身子又好了。说不定哪天就生了，我们倒也不太忧心。她知道今天上午我给你写信了。我们到达埃格维弗的第二天她就对我说:"杰罗姆呢?他怎样了?他还给你写信吗?"我没别的办法,只好实话实说。她就说:"等你下回给他写信的时候,告诉他……"她犹豫了一会儿,甜甜一笑,接着说:"就说我身子好了。"她给我写的那些信总是很快乐的,恐怕她是在假装自己很幸福。如今,给予她幸福的那些事,同她当初梦想的那些事,同她的幸福本该依赖的那些事大不一样!哦!我们所说的幸福和灵魂的关系多么密切!外界的因素对于幸福又是多么的不重要!我将我在加里哥灌木丛中散步时想到的那些事都对你说了,朱莉叶特的幸福本该让我的心中充满欢喜的……可我的心为何莫名其妙地就忧郁了起来?它抵挡的东西我既然无力对付,为何它还非要这样做?我感觉到了——至少意识到了——乡下的美景反倒加深了我的这种忧愁。前些天,你在意大利给我写信时,我还能通过你的眼睛看清一切,如今你不在我身旁,我却觉得我正在从你那里偷走我能看到的一切东西。当初在芬格斯玛尔、勒阿弗尔,我培养了一种艰苦的能力,希望境况艰难的时候可以用得上,如今到了这里,这种能力没了用处,我觉得很不安,似乎再也不会用到它了。人们的笑声和乡下的美景让我不快,也许我所谓的忧伤只是不像他们那么闹腾罢了。以前,我的快乐还有骄傲的成分,如今,身处在这种陌生的欢乐的气氛中,我感觉到的仿佛是羞辱。

　　我自从到了这里几乎没有祈祷,我天真地觉得上帝已不在原来的地方了。再见了,我现在必须搁笔了。我觉得自己好不害臊,竟然说出了这样的亵渎上帝的话,自己竟然变得如此软弱,如此忧伤,还把它们说出来了,还把这一切都写在信上告诉了你,若不是今天晚上这封信就要寄出去,明天我就会把它撕烂……

接下来的那封信中,她只提到她的外甥女出生了,她要做孩子的教母,朱莉叶特和我舅舅如何高兴,她自己的感觉却只字未提。

然后我又收到了她从芬格斯玛尔寄来的信,她在信中说七月份朱莉叶特会过来看她。

　　爱德华和朱莉叶特今天上午走的。我几乎忘了那孩子是我的小外甥女,再过六个月,等我再次见到她时,想必她的每一个动作我都认不出了,如今,她做的每一个动作无不是在我的眼皮底下做的。成长这件事无比神秘，无比惊人，我们没有留意，所以才不那么经常为它感到吃惊了。我俯身在那个小小的摇篮上面，度过了多少时日，又有多少的希望孕育在它的中间。又是怎样的自私，怎样的自满，怎样的不思进取，让成长那么快地停止了，让每个生物的命运变得确定了，却依然离上帝那么远？哦！如果我们能够，如果我们能够走得离上帝更近些……想想看，那将是一幅多么美妙的竞赛的景象！

朱莉叶特似乎很高兴。我起初见她书也不读了，钢琴也不弹了，心里还很难受，爱德华·泰西埃尔既不喜欢音乐，也不爱读书。我觉得朱莉叶特做得很好，既然她喜欢做的事爱德华理解不了，干脆就不要做了。不过，她也慢慢地对丈夫的生意有了兴趣，他也把生意上的事都对她说了。今年他们的生意做得十分好，爱德华非常高兴，逢人便说因为娶了朱莉叶特，才从勒阿弗尔拽过来一个"大客户"。最近他出门做生意的时候，罗贝尔跟他一起去的。爱德华对罗贝尔很好，说很了解他的性子，还说看他如此认真地对待这份工作自己并未感到失望。

父亲的情况好了很多，见女儿生活得这么幸

福就又变年轻了,他又喜欢去农场、花园中干活儿了,还要我继续大声读书。读书这件事最初是跟阿斯布尔顿小姐一起做的,可每次爱德华·泰西埃尔来我家的时候就只好暂时放下。我现在正给他们读德·于布内男爵的游记,这本书我本人也很喜欢。往后我自己读书的时间就要多了,可我还是想让你给我指导一二,今天上午我拿起来几本书,拿了却又放下,觉得都不大好,根本读不进去!

阿莉莎的信从那时起就变得不安、紧迫了。

我生怕打扰你,可你知道我有多想念你吗?(夏季快过完的时候,她在写给我的一封信中这样说)我见不到你,每天都过得很沉重,每天都被压迫得无法喘气。又要等上两个月。你不在我身旁,我独处了那么长的一段日子,如今在我看来,这两个月比那段日子还长!无所事事的日子里无聊得很,就想给自己找些事做,打发时间,可这些事无非都是权宜之计,可笑得很,我的心静不下来,做什么都做不好。我觉得我那些书也不好了,也没什么意思了,我也不再想出门散步,大自然在我眼中丧失了魅力,花园里空荡荡的,没了颜色,也没了香味。

我羡慕你在部队上做苦工，羡慕你做的那些强制性的训练，终日累得不行，匆匆忙忙的，到了晚上，就把快被累瘫的身子朝床上一扔就睡着了。上回你在信中说练兵多么多么忙，我就总想这事。最近这几个晚上我一直睡不好，好几次在梦中听到起床号的声音，就醒了……我是真的听到了呢。你说的那种狂喜的状态，清晨起来后的兴奋的状态，以及头的那种几乎可以说是晕乎乎的状态，我都能想象得到。马尔泽维尔高原在黎明冰冷晨光的照耀下该有多美！

这是我给你写的最后一封信了，我的朋友。你归来的日子虽说不太确定，可总归不会朝后再拖了吧。我本想着我们可以在芬格斯玛尔见面，可那儿的天气变坏了，冷得很，父亲整天不说别的，非要回到城里去。如今，朱莉叶特、罗贝尔不跟我们住了，你来就容易多了，不过你最好还是去费莉西姑母那里住，她见着你肯定会高兴得不得了。

我们相见的日子近了。我期待它的到来，心中却又越来越焦虑，几乎可以用担惊受怕来形容。我渴望你的到来，却又害怕你来，我还是不要想它了吧。我想象你按动门铃的样子，你抬脚上了台阶，我的心就不跳了,要么就感到了刺痛……不管你做什么,都不要指望我跟你说话。我感觉我的过去已经死在这里了,我看不到更远的地方,我的生命结束了……

然而,四天后,也就是退伍的前一周,我又收到了她寄来的一封信,信写得很短:

我的朋友,我完全同意你说的不要在勒阿弗尔待得太久,也不要把我们初次见面的时间拉得太长。该说的话都在信中说了,还有什么好说的呢?如果是因为考试的事要你必须在二十八号之前赶到巴黎,那你就不要犹豫,赶紧去,也不要为我们在一起只待了两天感到遗憾。我们不是还有整整一生吗?

第六章

我们第一次见面是在我姨母家。我突然觉得当了这两年兵，我变笨了，反应也变迟钝了。后来我才想到，阿莉莎定是发现我变了。可这种初次见面的虚假印象为何对我们有那么大的影响？至于我，害怕认不出我当初认识的那个阿莉莎了，刚开始几乎不敢抬头看她。不！真正叫人难为情的是这个：我俩明明没有订婚，他们却始终将我们当未婚夫妇看待，见我们在那儿，就慌忙离开，让我们单独待着。

"哦，姑母！你根本没必要这样的，我俩没什么心里话要说。"阿莉莎终于受不了了，大声说道。我姨母是好人，做事却不讲究技巧，让人一眼就能看出她是在有意躲避我们，让我们独自待着，这让阿莉莎烦得不行。

"好的，好的！亲爱的。我懂你的心思。年轻人好久没见了，有很多的心里话要对对方说。"

"求你了，姑母！你快走吧，快烦死我们啦！"听声音，阿莉莎真的生气了，我几乎没有听出是她的声音。

"姨母！我跟你说，你要是走了，我俩可就一句话都说不出来了！"我笑着补充道，心里却巴不得她赶紧走，让我俩好好待会儿。然后，我们装出一副很高兴的样子，三个人一起聊上了，聊的都是家长里短，装得很快活，却依然掩盖不住言语之下的窘迫。明天舅舅请我吃饭，我们就商量好明天再见一次，这样傍晚分手的时候倒也没什么遗憾，反倒因为快速地结束了这尴尬可笑的场面而感到一阵窃喜。

第二天，离吃午饭还早呢，我就到了舅舅家，可到那儿一看，阿莉莎正跟一位女性朋友聊天，看样子，阿莉莎不忍叫她走，她也没什么眼力，看不出有我在场她再待下去不合适。最后，那姑娘终于走了，我就装出一副很吃惊的模样，问阿莉莎为什么不留下人家吃午饭。我俩都很紧张，昨天晚上又没睡觉，身体累得很。我舅舅来了。看阿莉莎的表情，似乎看出我觉得他老了。他也真的很聋了，我说什么话，他听着都很费劲，我只好鼓足力气冲着他的耳朵吼叫，搞得这次谈话既无聊又可笑。

饭吃完了，普朗提埃姨母按照事先的安排赶来了马车，拉着我们去奥尔谢，打算让我和阿莉莎步行走完那段最美的路。

对一年中的这个时候来说，天气可真够热的。上山时，太阳正当头，晒得很，弄得我俩没心情，树上的叶子都落光了，连个遮挡也没有。我们着急了，想赶紧到我姨母那儿去，她正坐在马车上等我们，于是加快了行进的速度，但山路并不好走，结果搞得自己很狼狈。我的头痛得要命，想要想起点什么事来根本做不到，也许想装出一副镇定自若的样子，也许是因为想到了动作比说话更管用，就抓住了阿莉莎的手，她倒也没往回缩。我们想着心事，快步地走着，谁也不说一句话，真叫一个尴尬，血不由得涌上了脸颊，我觉得我的太阳穴在怦怦跳，阿莉莎的脸色也越来越难看，最后我俩握着的手变得湿乎乎的，感觉极不舒服，索性把各自的手撤回来，悲伤地将它们垂在了身体一侧。

我俩走得太急了，到十字路口一看，姨母的马车还没到，姨母故意走另外一条路过来，给我们多些独处、聊天的时间。我们就一屁股坐在土路旁，突然起了一阵冷风，我们身上的汗还没干，寒气就侵入了我们的骨髓，冻得我们够呛，然后，我们起身走到路上去迎马车。不过，最糟糕的事又来了，我那可怜的姨母又在关切地问东问西了，还以为我俩聊了好久，聊得很高兴呢，就赶着问我俩订婚的事。阿莉莎受不了，眼里含着泪水，说头好痛，我们就赶紧默默地朝家赶。

第二天，我醒过来时，胳膊腿脚痛得厉害，又患了风寒，觉得很不舒服，就打算下午再去布兰科家。我的运气真差劲，到他家后才发现不只有阿莉莎一个人。普朗提埃姨母有个孙女，叫玛德莱娜·普朗提埃，也在那儿呢。她打算跟奶奶住几天，我一进屋，她就高兴地叫道：

"你要是离了这儿去'斜坡'的话，我们倒可以一起走。"

我机械地点头答应，这样我又不能跟阿莉莎单独待着了。不过，有这样一位迷人的姑娘在场，倒是帮了我们的忙，我已经不再像昨天那么窘迫了，我们三个人聊着，聊得倒也很愉快，比我当初担心的有趣得多。我同阿莉莎道别时，她微笑的样子有些古怪，我觉得她直到那一刻才明白我明天早晨就要走了。不过，一想到过不了多久我就又回来了，所以离别的时候并没有一点难过。

吃了晚饭，我隐约有些不安，就下山去了城里，转了将近一个小时，打定主意，按响了布兰科家的门铃。接待我的是舅舅。阿莉莎觉得身体很不舒服，早已回自己的房间了，无疑直接上床睡了。我跟舅舅聊了一会儿就走了。

事事不如意，我责怪也没用。就算事事如意，我们自己也会搞出些尴尬来。阿莉莎也感觉到了这一点，再没有比这更让我心痛的了。我刚回到巴黎，就收到了她写来的这样的一封信：

> 我的朋友，我们的见面真让人伤心！你似乎总在怪别人，却又觉得错不都是人家的。现在我觉得——知道了——你会一直这样。哦！我求你了，

我们再也不要见面了!

世界这么大,我们可以对对方说的又那么多,可为何我们还会尴尬,为何总有一种错位的感觉,为何整个人像瘫痪了一样一句话也说不出来?你回来的第一天,我们谁都不说话,当时我还为这种沉默而欣喜,因为我知道沉默总会消失,你会把最美妙的事说给我听,你不会什么都不说,就这么走了的。

我们走那么远的路去奥尔谢,谁也不说一句话,后来,我们的手松开了,我是那么绝望,觉得自己的心都快因悲伤、疼痛晕过去了。最让我伤心的不是你松开了我的手,而是我觉得就算你不这么做,我也会这么做的,因为你牵着我的手,我已感觉不到幸福了。

第二天,也就是昨天,我等了你整个上午,都快等疯了。我心里很烦乱,在屋里待不住,就给你写了个纸条,告诉你在堤岸上那个地方可以找到我。我在岸边待了很久,看汹涌的大海,可没有你在我身旁,我心痛得都不敢看。我突然幻想你正在我的房间里等我,就推门进去了。我知道下午我不得闲,玛德莱娜前天跟我说要来看我,我本想着上午会看到你,就答应了她。不过,也许正是因为有她在场，我们的见面中才有了这唯一的快乐的时刻吧。有那么几分钟，我有了一种奇怪的幻觉：这次交谈会持续很久，很久。当时，我正在沙发上挨着她坐着，你就走了过来，俯下身子说了句"再见了"，我根本不知道如何应答，就好像经你这么一说，一切就都结束了，然后，我才突然意识到你要走了。

你刚同玛德莱娜出去，我就觉得这是不可能的，让我难以忍受。你相信吗？我出去了！我想再跟你谈谈，把我心里的话都告诉你，我赶忙朝普朗提埃姑母家跑去……可一切都已太迟了，我没时间了，我不敢……我又返回屋内，怀着满腹的绝望跟你写信——我再也不想给你写了——这是最后一封，因为我觉得我们之间的通信不过是一个巨大的泡影，我们都在给自己，而不是给对方写信，还有，杰罗姆！杰罗姆！我们两个始终都离得那么远！

我把那封信撕了，这是真事，但现在我正在重写，几乎跟那封一模一样。哦！我对你的爱没有减少一分！恰恰相反，在你靠近我时，我从未如此清晰地感受到自己是那么不安，那么窘迫。我深深地爱着你，但我对你的这种爱也是绝望的，因为我必须逼迫自己承认：在你走后，我更加爱你了。我早就觉察到了这一点。而我们这次期待已久的会面也终于让我认清了这个事实，我想，我的朋友，你也应该要自己认清这一点。再见了，我深爱着的弟弟，愿上帝与你同行，指引你前进的方向！只有在靠近上帝的时候我们才不会受到惩罚。

就好像这封信还不够让我痛苦似的，第二天，她又给我寄来了一段这样的附言：

寄信前，我要提醒你一句，我俩的事，你最好还是谨慎些。有好几回你把我们的私事拿出来讲给朱莉叶特或阿贝尔听，这伤害了我，而这一点也让我想到——在你怀疑它之前，我早就想到了——你的爱首先是理智的，是一颗温柔而忠诚的心的倔强而美好的表现。

她生怕我把这信给阿贝尔看，所以才写了最后这几行，这一点是毫无疑问的。是什么样的疑神疑鬼的心性让她提防起我来了？她以前在我写给她的那些信中察觉到我朋友的建议的踪影了吗？
说真的，我和阿贝尔完全就是两种人嘛！我们走的路不同,我根本不用他教我如何背负起我悲伤的、焦虑的重担。

接下来的三天我完全是在恳求中度过的,我想给阿莉莎写回信,却又怕跟她谈得太细了,反驳她太厉害了,用错了哪个无关紧要的词,让本来就已撕裂开的无法愈合的伤口变得更深。这封信我改了无数遍,每一个字里透出的都是我的爱在垂死挣扎。即便是到了现在,我重新读当初这封被泪水浸湿了的信时依然会泪流满面,下面便是我最终寄出去的那封信的副本:

　　阿莉莎!可怜可怜我,可怜可怜我们俩!你的信伤害了我。我多么希望我可以用微笑面对你的恐惧。是的,你在信中说的我都感觉到了,只是不敢承认。本来是想象出来的东西,你却把它当作了可怕的现实,还把这现实横在了我们之间。

　　如果你觉得你不再那么爱我了……啊!还是让我把这个残忍的假设扔到一边吧,你的信里根本没这个意思。可你这转瞬即逝的恐惧又有什么用?阿莉莎!我一开始跟你争辩就说不出话来了,只听到我的心在哭泣。我深爱着你,说话也不懂什么技巧,我越爱你,就越不知道该对你说什么。"理智的爱"……你都这么说了,要我如何回答?我的整个灵魂都在爱着你,又叫我怎么分辨理智与情感?

既然我们的通信让你无情地指责你、指责我，既然我们的通信将我们抬得高高的，又让我们堕入现实，深深地伤害了我们，既然你要给我写信，只是想着在给你自己写，既然我无力承受你再写一封上次那样的信来，那就求你了，我们这段时间还是不要通信的好。

在信的其余的部分，我反驳并控诉了她的判断，恳求她再给我们一次见面的机会。最近这次见面哪里都不对，场景不对，人物不对，时间也不对，就连我们的通信都不对，信的基调太热情了，都没能让我们静下心来好好准备一下。但这次会面前我们谁都不要吭声。我想把日子定在春天，在芬格斯玛尔见面，复活节那几天放假，我可以住我舅舅家，至于见面的时间，可长可短，全由她说了算。

我心意已决，信一寄出去，我就埋头学习了。

年底前我想跟阿莉莎再见一次。过去的几个月，阿斯布尔顿小姐的身体越来越糟，最后在离圣诞节还有四天的时候去世了。我退役后，又回去跟她住在一起。我几乎寸步不离她身旁，陪她走完了最后的时光。阿莉莎给我寄来一张明信片，从中可以看出，她信守着我们定下的保持沉默的诺言，甚至把它看得比我的丧亲之痛都重，她说舅舅来不了，到时候她来，只是为了参加葬礼。

葬礼那天，哀悼的好像只有我和她两个人，随后我们跟在棺材后面去墓地。我们肩并肩走着，一路上没说几句话，但到了教堂，她坐在我身旁，我几次都感觉到她在用温柔的目光注视我。

"定好啦，"她离开我的时候说道，"复活节前什么都不要谈。"

"好的，可复活节……"

"我会等你的。"

我们来到墓地门口。我说送她去车站，她却招手叫来一辆马车，连句道别的话也没对我说就走了。

第七章

"艾莉莎在花园里等你呢。"四月份的一天,我回到芬格斯玛尔,我舅舅像父亲那样拥抱了我一下之后说道。如果说起初我发现她没迎接我心中还有些失落,但稍后我又为她免去了我们初次见面的客套话由衷地感激她。

她在花园那头呢。那地方在台阶附近,我过去了,每年这个时候,那地方周围密密实实的灌木都开花了,有百合、金链花,还有锦带花,我不想在很远的地方看到她,就从花园另一侧,沿着那条林荫小道过去,小道被树荫遮盖,很凉快。

我走得慢,天空也像我雀跃的心——温暖、明亮、纯净。她无疑觉得我会从另一条路过去。我靠近她,走到她身后,不让她听我的声音,我停下脚步……就好像时间跟我一起停止了。"就是此刻,"我对自己说,"也许这就是最美妙的时刻,即便幸福会跟在它身后到来,幸福也比不过它。"

我想双膝跪倒在她面前,就朝前走了一步,结果被她听到了。她突然起身，刺绣从手中滑落在了地上，她朝我伸出双臂，搂住我的肩膀。一时间，我们就保持着这个姿势，她双臂伸展，脸上带着微笑，俯下身看我，用温柔的目光注视我，却不说一句话。她今天穿着一身白衣。在她那张严肃的脸上——几乎可以说严肃了——我看到了她年少时的那种笑容。

"听我说，阿莉莎，"我突然大声说道，"我有十二天的假期。你要是不愿意，我一天都不多待。我们商量个暗号吧，意思就是：'明天你必须离开芬格斯玛尔。'我收到暗号，第二天就走，不会有任何的责备，也不会抱怨谁。你看这样行吗？"

这话我是随口说出来的，根本没多想，所以说得更自然。她想了一会儿，说道：

"我下楼吃完饭时，若脖子上没戴着你喜欢的那条紫水晶项链……你懂我的意思吗？"

"那就是我在这儿待的最后一晚了。"

"可你走的时候可不可以不流泪，可不可以不叹息？"

"我连道别的话都不会说了。这最后的一个晚上，我悄无声息地离你而去，就像前天晚上做的那样。这件事我很容易就做了，起初你还纳闷儿，我到底有没有听懂你的意思。不过，等你第二天早晨再想找我时，我已不在了。"

"第二天早晨我不会找你的。"

她伸出一只手，我将它放在我的唇边，补充道：

"不过，从这一刻起到那个致命的夜晚到来之前，你不要给我任何让我觉得它要来的暗示。"

"你也不要给我接着你要离开的暗示。"

本想着这次庄重的相会会让我们感觉无比窘迫，可这些话一说出口，窘迫的感觉就消失了。

"我很想那样，"我继续说道，"我们相处的这短短的几天像以前一样……我是说我们，你，还有我，都不要觉得这几天有什么特别的地方。然后……我们刚开始说话的时候，也不那么费劲地没话找话……"

听了这话，她就开始笑。我又说：

"我们在一起就没有可干的事吗？"

然后，我们想起来我们都喜欢搞园艺。最近来了个没什么经验的园丁，代替了以前上年纪的那个，都两个月了，花园一直无人打理，有好多的事都要做。有些玫瑰修剪得很差劲，有些花开得倒是挺好，却被枯死的枝干挡住了，有些藤蔓爬到地上，想攀附在别的植物上，还有些已经被"吸血鬼"们吸干了营养。多数植物都是我们嫁接的，我们认出了以前劳作的痕迹，打理这些事会占用我们大部分的时间，这样在最初的三天，我们谁也不说沉重的话，默默地干活儿，当我们什么都不说时，也根本感觉不到沉默给我们造成了什么压力。

我们就这样又一次习惯了对方。我更依赖的是这种熟悉的感觉,而不是真正的解释。我们分别时的往事在我们之间早就开始慢慢消失了,我以前在她身上常常感觉到的那种内心的恐惧,她以前在我身上常常感觉到的那种精神上的紧张,也都已经开始慢慢地减弱了。阿莉莎在我眼中比秋天时我们见面的那副模样年轻多了,我觉得她从未像现在这么漂亮过。每天晚上,当我看到她上衣外面挂在小金链子上的那枚紫水晶的小十字架闪着亮光时,胸中就突然又涌出希望。我说的是希望,对不对?不对!那是一种确定的感觉,我想我也在阿莉莎的心中感觉到了,我几乎已经不再怀疑自己,也就不再怀疑她。我们说着话,说得越来越大胆。

"阿莉莎,"一天早晨,当空气吸收了我们的欢笑,我们的心房像鲜花一样绽放开的时候,我对她说,"你看,朱莉叶特如今过得那么幸福的,你想不想我们也……"

我盯着她,说得很慢,可突然间,就见她的脸色变得苍白了,苍白得极不正常,让我都没敢把话说完。

"亲爱的!"她说道,却并没有把目光放在我身上,"我现在和你在一起,那种快乐的感觉是我从未想到的……可是,你要相信我说的话,我们不是为了幸福才生的……"

"既然灵魂追求的不是幸福,那灵魂还能追求什么?"我变得很冲动,大声说道。就听她低声说:

"神圣……"她的声音好小,与其说是我听到的,倒不如说是猜到的。

我的整个幸福展开双翅,从我的心中飞出,朝天堂去了。

"没有你,我到不了天堂。"说着我将头放在了她的膝头上,就像个孩子那样哭泣着——但我是为了爱哭泣,不是因为悲伤哭泣——我一遍又一遍地说着:"没有你,我做不到!没有你,我做不到!"

然后,那天就过去了,和平时没什么两样。但到了晚上,我看到阿莉莎从楼上下来时,胸前并没有戴着那枚小紫水晶的十字架。我说话算话,第二天天刚亮就离开她家,上路了。

我走后的第二天收到了一封很奇怪的信,就是下面这封,信的开头用了莎士比亚的几句诗作为题词:

> 那个调子又起来了,它有一种越来越弱的节奏;
> 哦,它滑过我的耳边,
> 甜蜜的声音就像吸取了紫罗兰的香味,
> 一边把花香偷走,一边把花香给予。
> 够了,不要再演奏下去了,
> 它现在已不像刚才那样甜蜜了。①

---

① 选自莎士比亚《第十二夜》中的《假如音乐是爱情的食粮》。

没错！尽管我那样做了，却还是找了你整整一个上午，我的弟弟。我不敢相信你真的走了。我恨你信守了我们的诺言。我想这肯定是闹着玩的。我满心期待着你会从哪片灌木丛中突然跑出来。可你没有！你真的走了。谢谢你。我的弟弟。

那天，在余下的时间里，我脑子里一直萦绕着一些想法，怎么也挥之不去，我想把它们都告诉你，因为有一种奇怪且明确的感觉告诉我，如果我不这么做，以后就会觉得没有尽到对你的责任，理应受到你的责备……

你在芬格斯玛尔待的最初几个小时，我一见你心中就充满了一种奇怪的满足感，这种感觉最先让我震惊，很快转变为不安。你说："除了极大的满足，我再也不想要别的。"哎呀！正是你说的这句话让我不安……

我害怕，我的朋友，害怕你误解我。但我最怕的是你把我的灵魂最激烈的情感表达误认为是我在对你偷奸耍滑，有话不对你明说，哦，如果你真的这么想的话，那就大错特错了。

你说："如果幸福不能让人满足，那就不是幸福。"这句话你想起来没？我不知道该如何回答你。是的，杰罗姆，光有幸福还不足以让我们满足。我不能将这种诱人的满足视为真正的满足。去年秋天我们不是就已经明白这种满足包含着那么多的痛苦吗？

　　真正的满足！啊！愿上帝保佑它并不存在！我们是为另外一种幸福而生的……

　　正如我们的通信毁掉了我们去年秋天的那次相会，昨日与你见面的回忆，也毁掉了我今天写这封信的兴趣。过去我给你写信的那种快乐去哪儿了？我们相互写信，我们相处，耗尽了我们在爱情中所追求的那种纯粹的快乐。如今，我还是忍不住像《第十二夜》中的奥西诺那样大声喊道："够了，不要再演奏下去了，它已经不像刚才那样甜蜜了。"

　　再见了，我的朋友。我们现在去爱上帝吧。啊！你知道我有多爱你吗？……我永远都是你的阿莉莎。

　　我无法抵挡美德这条毒蛇的缠绕。英雄主义吸引我，令我眩晕，因为我分辨不出它同爱之间的区别。阿莉莎的信在我的心中激起了一种盲目的、令我陶醉的热情。上帝明鉴，我追求更多的美德只是因为她。任何一条路，只要是向上去的，都能将我送到她的身旁。啊！那就让地面尽快收缩吧，只要能容得下我和她就行。哎呀！我并不怀疑她那精妙的伪装，也几乎想象不到等我们上升到某个高度，地面窄得只能容下我们当中的一个人的时候，她就会又一次从我的怀里挣脱、跑掉。

我给她写了一封很长的回信。我只记得其中一个段落清晰地表达了我的思想。

> 我常常觉得，我的爱是我生命中最好的部分，我的一切德行都依附于它，它提升了我的灵魂的层次，如果没有它，我就会堕回平庸之地，回到十分平常的秉性中去。正是心怀着靠近你的希望，才总让我觉得最险峻的路是最好的。

我又写了些什么？促使她给我写了一封这样的回信。

> 可是，我的朋友，神圣并不是一种选择，而是一种职责（她在职责这个词的下面划了三道横线）。如果你是我心中的样子，就也无法规避它。

反正就这样了。我懂了，或者说得更确切些，我有了一种预感，我们的通信到此就算结束了，无论是最狡猾的建议，还是最坚定的意志，都没有用了。

然而，我还是写了下去，写得很长，语气温和。在我发出第三封信的时候，我收到了一张便条。

我的朋友：

别以为我已下定决心不再给你写信了，只是写信无法再给予我欢喜。然而，你的来信我依然有兴趣，只是我越来越责怪自己在你的心中占据了那么大的位置。

夏天不远了。我提议我们暂时还是不要通信的好，你来芬格斯玛尔，与我一同度过九月份的最后两个星期。你愿意吗？如果愿意，我就不用再给你写回信了。我会将你的沉默视作默许，因此，你也用不着再给我写信了。

我的确没有再给她写信。毫无疑问，这种沉默是她对我的最后的考验。我工作了几个月，四处逛了几个星期，怀着无比镇定的心情回到了芬格斯玛尔。

我怎么能够用三言两语就把当初我几乎无法理解的事一下子说清楚呢？除了从那一刻起浸透我全身的痛苦我还能描述些什么呢？如果我今天无法原谅自己当初并没有辨认出那种隐藏在极度虚假的表面下、依然在颤抖的爱，那就说明我当初能看到的只是这种假象。然后，我觉得我再也找不到我以前的那个朋友了，还责备了她……不！阿莉莎，即便在那个时候，我也没有责备你，而是为自己再也认不出你的样子而绝望地哭泣。如今，我已经能够从你当初爱的狡猾的沉默与爱的残忍的运行中衡量出你的爱竟是那么的强烈，你的爱让我越痛苦，我就越爱你，难道不是这样吗？

鄙视？冷漠？都不是，这里没有可以克服的东西，甚至没有我可以抗拒的东西，有时我会迟疑，怀疑我是不是虚构了我的痛苦，因为它的根源看似如此难以捉摸，阿莉莎假装无法理解它的技术又是如此精妙。我该抱怨谁？她在见到我的那一刻笑得是那么甜，她的热情与专注也是从未有过的，去那儿的第一天，我几乎被她骗了。她换了一个新发型，把头发弄平，梳到脑袋后面，露出了脸部的轮廓，但她的样子变粗糙了，真实的表情也变了，还有她身上那件不合体的长裙，颜色黯淡，质地粗陋，将她身体优美的曲线一下子弄糟了……但这些又有关系？我盲目地想着，没有什么大不了的，明天，要么她自愿，要么在我的请求下，一切都会纠正过来的。她的热情以及她给予我的专注让我越发不安，我们以前可不是这样的，而且，我在她的热情与给予我的专注中，看到的更多是思虑，而不是真实情感的表达，更多的是礼貌，而不是爱，尽管我几乎不敢这么说。

那天晚上，当我走近起居室时，吃惊地发现钢琴换了地方，阿莉莎用十分平静的声音回答了我失望的叫喊。

"送去修理了，亲爱的。"

"可我曾反复对你说，我的孩子，"我舅舅用一种可以说是严厉的责备的口气说道,"既然用到现在都是好好的,完全可以等到杰罗姆走后再送去,根本没必要这么着急,这下我们的一大乐趣被你剥夺了。"

"可是,父亲,"说着阿莉莎把身子转向一边,脸不由得红了,"我敢肯定,最近它总是叮当乱响,杰罗姆就是想弹,也弹不出个调子来。"

"可你弹的时候,听上去也没那么糟糕啊。"我舅舅说。

她在黑影中待了一会儿,弯下腰去,像是在量椅子罩,然后猛地出了屋子,过了好久才用托盘端着一杯我舅舅每天晚上都会服用的药茶回来了。

第二天,她既没有换发型,也没有换裙子,而是在房子前面的一条长椅上挨着父亲坐下,继续缝补前天晚上就在缝补的东西。她旁边的长椅或桌子上放着一个大篮子,里面放着长袜、短袜,她把它们拿出来缝补。过了几天,袜子缝补完了,她又改补毛巾和床单。看上去这份工作占据了她全部的身心,她嘴唇上的光泽、眼睛里的光都消失了。

"阿莉莎!"她在这么做的第一个晚上我大声叫道。她的脸上原有的诗意已经都看不到了,让我几乎认不出来,我注视了她一会儿,但她似乎并没有觉察出我在看她。

"什么事?"她抬起头说道。

"我就想看看你能不能听见我说话。你的心思好像飘走了，离我那么远。"

"没，没飘走，还在这儿呢，不过这种缝补的工作很费神。"

"你干活儿的时候我能为你读东西吗？"

"恐怕我不大能听得进去。"

"你干吗非要做这种劳神的活儿？"

"这种事终归要有人做的。"

"有些穷女人，给她们点小钱，就很乐意做这种事。我看你做这么闷的事并不是为了省钱，我说得对吗？"

她马上就说她最喜欢这种活儿，好久以来，她做的就是这个，别的活儿她做得少，自然做不好。她说话的时候一直在笑。她的声音从未像现在这样甜美过，而我，也从未像现在这样伤心过。"我说的只是很自然的事，"她的表情似乎在说，"你为什么要伤心？"

我心中反驳的话语甚至都无法抵达我的唇边了——我要窒息了。

过了一两天，我们在花园中采摘玫瑰，她让我把采下的送到她屋里去。今年，我还没有进过她的屋子。我的心中突然涌出了怎样讨好她的希望！我一直在责备自己为何非要如此悲伤，她只说一个字就能治愈我伤痛的心。

我每次进这间屋子心中都很激动，屋里弥漫着一种令人愉悦的平静,是阿莉莎独有的味道,然而,我并不知道这种平静是由什么组成的。窗户旁边以及桌子周围的窗帘投射出蓝色的暗影,红木家具闪着亮光,处处井然有序,处处一尘不染,处处寂静无声,这一切都在向我的心中诉说她的纯洁,她那饱含忧虑的优雅。

那天上午,我吃惊地发现,她床边的墙壁上已不见了我从意大利为她带回来的那两张马萨乔的大幅作品,我刚要问她把它们拿到哪里去了,目光却落在了旁边的那个她过去常常摆放床头读物的书架上。之前书架上的书并不算多,是慢慢积攒起来的,一部分是我送她的,一部分是我们在一起读过的。我发现这些书也都被挪走了,取而代之的是一小堆我本以为她会嗤之以鼻的、没有多大价值的、用语粗俗的宗教类的小册子。我突然抬起头来,发现阿莉莎正在注视着我大笑——没错,是在大笑。

"不好意思,"她立即说道,"我一见你这样子就忍不住大笑,你看我的书时,你的样子突然就变了。"

我却没心思同她说笑。

"不是,不是这样的,阿莉莎,你现在就读这些东西吗?"

"是啊,当然啦。有什么好奇怪的吗?"

"我还以为习惯了吃营养丰富的食粮的头脑会厌恶这些令人作呕的东西呢。"

"我不懂你在说什么,"她说,"写这些书的人有谦卑的灵魂,只是在同我说话,只是在用尽可能通俗易懂的语言阐述他们的思想。我同它们在一起觉得很快乐。我读之前就知道它们的语言不美,而我在读的时候,也不会被任何世俗的钦佩诱惑。"

"那你现在一直读的就是这些东西吗?"

"差不多吧。最近这几个月都是这样。不过,我现在没多少空闲时间读书。就在最近这两天,当我重读一位伟大作家——就是你以前教我如何欣赏他们的作品的那些伟大作家中的一个的作品时,我感觉他就像《圣经》里描述的那个人,竭力把自己拔高了五十厘米。"

"这个'伟大的作家'是谁?他怎么让你的想法变得这样古怪了?"

"我的想法不是他给的,是我在读他的书时自己得到的……我读的是帕斯卡尔的东西。也许我读的那段并不太好。"

我做了个不耐烦的手势。她用单调、清亮的声音继续说道,好像在背诵一篇文章,翻过来倒过去,手在不停捣鼓那些花,目光始终没有离开它们。她看到我做这个手势停顿了片刻,然后继续用不变的语调说道:

"书中用的那些词汇夸张得叫人吃惊,用的心机又那么多,却几乎证明不了什么东西。我有时会想,他的语调那么可怜,并不是出于信仰,而是出于怀疑的缘故。诉说完美信仰的声音,不会让人流那么多眼泪,不会让人的身子颤抖得那么厉害。"

"也许正是这些眼泪、这些颤抖才让他的声音听起来那么美的。"我忍着心中的沮丧努力回答道,她这么说,叫我已经认不出我以前爱过的那个阿莉莎了。我当时是怎么想的,现在就是怎么记的,并未出于艺术效果或逻辑上的考虑增添任何东西。

"如果他不是先把这种生活中的快乐倒空了,"她继续说,"在天平上,它就会重于……"

"重于什么?"她说的这些话好奇怪,我不由得吃惊地问道。

"重于他所说的不确定的快乐。"

"这么说你也不信这种不确定的快乐了?"我喊道。

"我确不确定并不重要!"她答道,"我倒是想它永远不确定,这样交易时的任何怀疑就都消除了。爱上帝的灵魂让自己沉浸在美德中,是高贵的天性使然,并不是希望有所回报。"

"所以像帕斯卡尔那样高尚的灵魂才会在神秘的怀疑主义中寻求庇护,对不对?"

"不是怀疑主义——而是詹森主义,"她笑道,"我跟这些事又有什么关系?这些可怜的灵魂。"说着她转过身子,看着那些书,补充道:"就连它们也说不清到底属于詹森派、寂静派,或者别的什么派别。它们就像被风吹动的草那样,在上帝面前垂下头,心中没有诡计,没有焦虑,也没有美。它们并不觉得自己有多了不起,只知道它们活一辈子,就是为了在上帝面前被抹去。"

"阿莉莎,"我嚷道,"你干吗非要把自己的翅膀折断呢?"她的声音依旧那么平静,那么自然,似乎让我的大嚷大叫显得越发可笑而浮夸。

她又笑了,摇了摇头。"我最近一次读帕斯卡尔,得到的是……"

"是什么?"我问道,因为她停住了。

"是基督的这句话:'想拯救自己生命的人,最终会失去生命。'至于别的内容,"她还在笑着,注视着我的脸,继续说道,"我几乎不懂他都说了些什么。很奇怪,一个人跟一群凡人住久了,面对这些伟人的高贵灵魂时,竟会喘不过气来,累得很。"

我的心乱死了,我该如何回答她?

"如果今天我同你一起读这些布道、宗教类的小册子……"

"可是,"她打断了我,"我见你读这些东西会难过的。我同意你说的,我想你应该读些更好的东西。"

她说得十分坦诚,似乎并没有认识到这些话会撕裂我的心。我的脑袋发烧了,我本想再说些什么,却只想大哭一场,也许我的眼泪能打败她吧,可我始终那样呆呆站着,胳膊肘支在壁炉台上,双手抱头,一句话也说不出来。她依然保持着平静的姿态,继续摆弄那些花,什么也不去看——或者假装没有看到我的痛苦……

就在这时,门铃响了。

"看来午饭前我是弄不好了,"她说,"你现在得走了。"然后,就像我们刚才是在开玩笑,又说:"我们改时间再接着谈吧。"

我们再也没有接着谈下去。阿莉莎始终在躲我,然而从表面看,并不是故意在躲我,只是让每一件平常的事在她的手中都变成了十分紧急的事,必须处理掉不可。我只好等着轮到我,这机会只在她不料理家务的时候,在她在谷仓里换班休息之后,在她拜访完农场主之后,在她看望完那些占用她时间越来越多的穷人之后才会出现。我拥有的时间都是别人剩下不用的,而且就连这些时间也少得可怜,我每次见她,无不看到她在忙。不过,也许正是在她这样忙于琐事的间隙,在我已经放弃追求她的时候,我才最不会觉察出自己失去了什么。最细微的交谈早已无比清晰地向我证明了这一点。阿莉莎有时会施舍我几分钟,跟我聊天时却让我觉得她说话吃力得很,那样子就像在跟一个小孩子玩耍。她心不在焉地笑着匆匆走过我的身旁,让我觉得我和她之间的距离从未这么疏远过。我甚至觉得她的笑容中藏着某种挑衅的意味，至少也是某种讽刺，还以躲避我的期待为乐……我一见她这样子就怪起自己来，因为我不想怪别人，甚至几乎都不知道还能对她有什么期待，也不知道该怪她什么。

本以为无比幸福的日子，就这样一天天过去了。我的脑袋麻木了，想着它们就这样快速溜走，既不想让它们变长，也不想阻住它们的去路，只是过去的每一天都让我变得越来越难过了。然而，在我动身的前两天，阿莉莎陪我去了那个废弃的泥灰坑旁边的那条长椅上，那是秋天的一个傍晚，朝周围望去，遥远的地平线上看不到一朵云，淡蓝色风景的每个细节浮现得都是那么清晰、明亮，就连最模糊的往事也清晰可见了。我让她看到我目前的痛苦，也让她看到我失去的快乐，我无法抑制心中的悲伤。

"可我又能做些什么呢，我的朋友？"她立即说道，"你爱上的是一个影子。"

"不，不是影子，阿莉莎。"

"你爱的是你幻想出来的一个形象。"

"哎呀！我并没有凭空捏造。我爱的那个她，曾经是我的朋友。我呼唤她。阿莉莎！阿莉莎！我爱的是你。你到底是怎么了？你怎么变成这个样子了？"

她没理我，沉默了一会儿，低着头，慢慢地将一朵花碾碎。然后，终于说道：

"杰罗姆,你为什么不干脆承认你已经不再那么爱我了呢?"

"因为这不是真的!因为这不是真的!"我愤怒地大声叫道,"因为我从未这样深深地爱着你。"

"你爱我——却又为我感到惋惜!"她说,她想笑,又微微耸了耸肩膀。

"我不能让我的爱就这么死掉。"

脚下的大地在裂开,我拼命想抓住一切东西。

"爱也会像别的东西,终会消失的。"

"只要我活着,我的爱就不会消失。"

"你的爱会慢慢减弱的。你自认为还在爱着的那个阿莉莎早已只存在于你的记忆中了,那一天终归会来的,那时候,你只会记得你爱过她。"

"听你的口气,就好像她在我心中的位置已经被别的东西取代了似的,就好像我已经不再爱她似的。如今,你以折磨我为乐,你就忘了你也曾爱过我吗?"

我看到她那苍白的嘴唇抖动着,她用一种几乎不可闻的声音喃喃道:

"没有,没有,在这一点上,阿莉莎始终没有变。"

"哦,那么一切就都没有变。"我抓住她的胳膊说道……

她用坚定的语气继续说道:

"有句话就可以解释一切,你为什么不敢说?"

"什么话?"

"我老了。"

"不要说了!"

我赶紧反驳道,我告诉她我自己也老了,我们的岁数相差得还是那么多……可她已经恢复了平静,唯一的机会错过了,在我开始争辩时,就丧失了一切的优势,我脚下的大地裂开了。

两天后,我心中装满了对她、对自己的不满,对依然被我称作"德行"的东西隐约的仇恨,以及对自己的习惯性思维的愤恨,离开了芬格斯玛尔。似乎在这最后的一次相会中,通过对我的爱极度的夸大,耗尽了我所有的热情。阿莉莎说过的每一句话,起初我还反驳,然而,在我的反驳慢慢消失后,却依然鲜活地、洋洋得意地留在了我的心中。是的,她说的无疑是对的!我爱的不是别的,只是一个幻影,我爱过的那个阿莉莎,我依然在爱着的那个阿莉莎,不过是……是的,我们无疑都老了!这种让我心惊胆寒的一切诗意可怕的消亡,说到底,并不是别的东西,而只是万物自然进程的一次回归。如果我慢慢地拔高她的品质,如果我将她视作自己的偶像,用我所迷恋的一切崇拜她,那么,到了现在,我全部的付出,除了使我劳累,还能剩下别的什么东西吗?阿莉莎一旦没有了我的支撑,只剩下她一个人的时候，她就会退回到原有的水平——一种平庸的水平，我自己也曾处于这种水平，然而，她一旦堕落到这种水平，我就不会再爱她了。啊！我凭借一己之力将她提升到那个高度，如今看来，这种令人心力交瘁的提升德行的努力，竟显得那么可笑，那么荒诞！只要稍稍少一些自大，我们的爱情就会变得容易……不过，苦苦追求一份没有对象的爱情又有什么意义？这将是一种执拗，而不是忠诚。忠诚于什么？忠诚于错觉。承认自己弄错了岂不是更明智些？

也就是在这个时候，我得到了雅典学院寄来的一份聘书，我当即接受了，但我的心中既没有热情，也没有欢喜，我只是很想离开这里，似乎这是一次逃亡。

第八章

然而，我又一次见到了阿莉莎。那是在三年后，夏天即将结束的时候。十个月前，我收到她的来信，她在信中告诉我舅舅死了。当时我在旅行，便在巴勒斯坦给她写去一封很长的信，至今未见回复。

我碰巧去了勒阿弗尔，究竟是因为什么事情去的，我已经不记得了，反正一种本能驱使我来到了那条通往芬格斯玛尔的路上。我知道阿莉莎依然在这里居住，却担心家中并不只有她一个人在。我事先没有告诉她我要来，也打消了作为普通访客登门造访的想法，我犹豫不决地走在路上，我该不该进她的家门？我该不该见她一面，或者都不试着见她一面，就一走了之？是的，我无疑已走在了那条路上，坐在了她有时可能会去坐的那条长椅上……而我，已经开始在想是否应该留下一个什么记号，在我走后，可以告诉她我来过……我这样想着慢慢朝前走。此刻，我已经决定不去见她，然而，像刀子一样扎透我的心的极度的悲伤，开始慢慢地褪去，取而代之的是一种近乎甜蜜的忧郁。我已经到了那条林荫道上，怕她撞见，便上了环绕着农场的堤岸底部的一条人行小道。我知道堤岸上有个地方可以俯瞰花园，就爬了上去，一位我不认识的园丁正在用耙子耙其中的一条小道，但很快就不见了踪影。一条新修的小路通向院子里。我过去的时候，一条狗在汪汪叫。我又朝前走了一段距离，就抵达了林荫道的尽头，我向右拐，刚好来到花园围墙附近，于是朝着与我刚刚离开的那条林荫道相平行的那一小片山毛榉林走去。就在我走过通向家庭菜园的那道小门时，心中突然有了推门进去的念头。

门关着。然而，里面的门闩只要轻轻一拨就开了，然而，就在我想用肩膀把它撞开的时候……就在那一刻，我听到了脚步声，于是赶紧后退，转到了墙角。

我看不清从花园里出来的那个人是谁，却能听到，能感觉到是阿莉莎。她朝前走了三步，用一种虚弱的声音叫我：

"是你吗，杰罗姆？"

我的心刚才还在剧烈地跳动，此刻却突然停止了，我窒息的喉咙中一个字也说不出来，她就提高了声音，又问了一遍：

"杰罗姆！是你吗？"

我听到她朝这边呼唤我，一种激动得无法自持的感情将我紧紧扼住，逼迫我跪了下来。我没有回答，阿莉莎就又朝前走了几步，转过了墙角，我突然就感觉到她来到了我的对面——在我对面,而我正跪在那里,用两只胳膊掩住脸,似乎怕她过早地看到我。她停留了一会儿,俯身在我身旁,而我则吻遍了她那双纤弱的手。

"你干吗藏着?"她的口气那么自然,似乎分离的这三年只是过去了几天。

"你怎么能猜出是我呢?"

"我一直在等你。"

"等我?"我吃惊得只能重复她说的话,我在想……我依然跪在地上。

"我们去那条长椅上坐一会儿吧,"她继续说道,"是的,我知道我会再次见到你的。过去的这三年,我每天晚上都会来这里,呼唤你的名字,就像我今天晚上……你为什么不回答我?"

"如果你没有撞到我,我可能见都不见你就走了,"我说,我竭力让自己的心冷酷起来,对抗起初让我激动得无法自控的情感,"我碰巧来勒阿弗尔办事,只想在这条林荫道上走一走,绕着菜园转转,在这条长椅上休息一会儿,我想你有时候可能依然会来这里坐坐,然后……"

"看看我最近这三个晚上在这里读的东西。"她打断了我,递给我一包信,我认出来了,正是我在意大利给她写的那些。那一刻,我抬起头来看她。她的模样已经发生了异常的改变,她瘦弱的身体,她苍白的面容像刀子一样扎我的心。她重重地倚靠在我的肩膀上，紧紧抓住我，似乎觉得害怕，或觉得冷。她依然穿着黑色的孝衣，系在头上的黑丝带，勾勒出她脸的轮廓，更让她的脸变得惨白。她在微笑，但她纤弱的身体似乎无法支撑这种微笑。我很想知道她在芬格斯玛尔是不是仍是一个人。没有，罗贝尔同她一起住，朱莉叶特、爱德华，还有他们的孩子，整个八月份一直跟她在一起。我们走到那条长椅那里，我们坐下来，又聊了几分钟，然后拉起了家常。

她问我工作如何。我心里不自在，胡乱回答了她。我想让她感觉到我已经对工作不再感兴趣。我想让她失望，就像当初她让我失望一样。我不知道我是否如愿了，即便我如愿了，她也没有表现出来。至于我，心中充满了愤恨与爱，话说得尽量简短，同时恨自己，有时抑制不住心中的感情，让声音颤抖起来。

一时被乌云遮住的落日，在几乎正对着我们的地平线上重现，将大片辉煌的微光洒在空荡荡的田地上，又突然将充沛的暮光赐予了开在我们脚下的那条狭窄的山谷，然后消失了。我坐在那里，头晕目眩，一句话也说不出来，我感觉自己被包裹在一种金黄色的狂喜中，我的愤恨消失了，心中只剩下了爱。一直靠着我的阿莉莎，此时身子向下弯曲，站了起来，从上衣兜里掏出一个用薄纸裹着的小包，想伸手递给我，却又停住了，似乎在犹豫，我吃惊地看着她。她说：

"听着,杰罗姆,这是我的那枚紫水晶十字架,最近这三个晚上,我来这里的时候一直把它带在身上,因为我早就想把它送给你了。"

"我要它干吗?"我很粗鲁地说。

"送给你的女儿,算是你对我的纪念。"

"什么女儿?"我看着阿莉莎惊叫道,根本听不懂她在说什么。

"请你安静些,听我说话,不,不要那样看我,不要看我,我跟你说话已经很难了,但这些话我必须说。听着,杰罗姆,终有一天,你会结婚的——不,别回答,别打断我,我求你了。我只想让你记住我很爱你,而且……很久以前……三年前,我就想你的女儿有朝一日会戴上你喜欢的这枚小十字架,以纪念我。哦!我还不知道她叫什么名字……也许,你可以让她……叫我的名字。"

她不说话了,声音哽咽,我几乎恶狠狠地大声说道:

"你为什么不亲手交给她?"

她想再次开口说话。她的嘴唇在抖,就像个哭泣的孩子,但她没有哭。她眼中投射出不寻常的光,赋予了她的脸一种非尘世的天使般的美。

"阿莉莎!我又能跟谁结婚?你知道我只爱你一个……"我突然紧紧抓住她的双手,几乎野蛮地将她搂到怀里,疯狂地吻着她的嘴唇。我紧紧地搂着她,一时让她无法抗拒,半倒在我的怀里，我看到她的目光黯淡了下去，闭上了眼睛，然后用一种无比真诚、无比悦耳的声音说道：

"请你可怜可怜我们，我的朋友！哦，不要损害了我们的爱情。"

也许她还说了：不要软弱！也许是我对自己说的，现在已无从知晓，然而，我突然跪倒在她面前，用双臂虔诚地搂着她，说道：

"如果你这么爱我，为何又总是拒绝我？想想！我先等着朱莉叶特结完婚，我知道你也想让她幸福，她现在幸福了，这话是你亲口告诉我的。我想了很久，你不愿结婚，是因为不想抛下你的父亲，可是现在，只剩下我们两个了。"

"哦！不要让我们悔恨过去，"她喃喃道，"那一页已经翻过去了。"

"可一切还来得及，阿莉莎。"

"来不及了，我的朋友，来不及了。从我们的爱让我们为对方预见到某种比爱更好的东西的那一刻起，就已经来不及了。因为你，我的朋友，我的梦想才攀升得那么高，使我觉得任何尘世间的满足最终都会逝去。我常想我们在一起生活会是什么样子，可一旦我们的爱不再那么完美，我就无法再忍受下去……"

"你想没想过，如果我们失去了对方，我们各自的生活会是什么样？"

"没有！从未想过！"

"现在你应该看到了。没有你的这三年，我一直在痛苦地游荡……"

夜幕降临了。

"我冷，"说着她站起身，用披肩将自己的身体紧紧裹住，使我无法再抓住她的胳膊，"你还记得让我们百思不得其解、我们生怕理解错了的那句经文吗？它是这么说的：没有得到应许之物的人，上帝为他们准备了更好的东西……"

"你还信这些话？"

"我不信不行。"

我们肩并肩朝前走了一会儿，再也没有说什么。过了一会儿，她继续说道：

"你能想象得到吗，杰罗姆？更好的东西！"她的眼睛里突然涌出泪水，她又说了一遍，"更好的东西！"

我们又一次到了刚才她出来的那扇花园小门前。她转过身来，看着我，说道：

"再见了！不要，不要再上前来。再见了，我亲爱的朋友。现在……更好的东西……就要来了。"

她看了我一会儿，将我紧紧抱住，却又让我和她之间保持着一个胳膊的距离，她的双手抱住我的双肩，她的眼里充满了难以言喻的爱意。

门关上的那一刻，我听到门闩在她身后拉上的那一刻，我身子一软，背靠着门瘫倒了下去，极度的绝望扼住了我，我在那里坐了好久，在黑夜里痛哭、啜泣。

但是，为了挽留她，破门而入，或者用尽一切可能的手段硬闯进她那尚未将我拒之门外的房子——不，即便到了今天，当我回首往事，将往事再活一遍时，我还是觉得不可能做到，而那些当时无法理解我的人，现在依然无法理解我。

几天后，忧虑实在让我无法忍受，我便给朱莉叶特写了封信。我在信中告诉她，我去了芬格斯玛尔，还说阿莉莎苍白的面容，瘦弱的身子吓到了我，我求她赶紧想想办法，阿莉莎一旦有什么消息，马上告诉我，我已经不指望她本人会给我写信了。

还不到一个月，我就收到了下面这封信。

亲爱的杰罗姆：

有个伤心的消息要告诉你，我们可怜的阿莉莎已经不在人世了。哎呀！你在给我的信中说你很担心，你的担心是很有根据的。最近这几个月，她病倒是没病，只是慢慢憔悴了下去，然而，在我的一再劝说下，她还是同意去看A医生，A医生告诉我，她没什么严重的病。可是就在你上次见了她，又过了三天，她就突然离开了芬格斯玛尔。我还是在罗贝尔给我的信中得知了这个消息，她很少给我写信，要不是罗贝尔告诉我，我还不知道她离家出走了呢，因为就算她很久杳无音信，我也不会觉得吃惊。我狠狠地说了罗贝尔一顿，怪他就让她一个人这么走了，没有陪她一起去巴黎。你相信吗？从那时起，我们就不知道她的下落了。你能想象出我当时那个焦急的样子，既见不到她，又没办法给她写信。的确，罗贝尔几天后也去了巴黎，却没有打听到她的一点儿消息。他这个人做事马马虎虎的，我们都怀疑他有没有用心找。我们没别的办法，只好报警了，我们不知道她是死是活，人现在哪里，又怎能安得下心来？最后，爱德华只好亲自跑一趟，终于找到了阿莉莎安身的那家小养老院。哎呀！不过一切都已经太迟了。我收到了养老院院长写来的一封信，信中说她已经死了，与此同时，爱德华也发来电报，说没来得及再见她一面。临终那天，她把我们的地址写在了一个信封上，以便我们能收到她去世的消息，另一个信封里是一份遗嘱，寄给勒阿弗尔的公证员。我想这封信里有一段同你有关，我很快就会让你知道的。前天是她的葬礼，爱德华和罗贝尔都去了。跟着灵柩的人不止他们两个。养老院里有几位病友也想出席葬礼，护送遗体到墓地。至于我，第五个孩子说不定哪会儿就会出生，遗憾的是，我动都动不了。

　　亲爱的杰罗姆，阿莉莎如今已是不在了，我知道你很伤心，我在给你写信时，心也是碎的。最近这两天，我不得不躺在床上，连写信都很困难，不过我执意不要别人代笔，就连爱德华、罗贝尔都不行，因为在这个世界上，无疑只有你和我才懂阿莉莎。如今，我已有了家庭，有了孩子，人也老了，如火般热烈的过去已被一堆灰烬覆盖，我期待能再次见到你。你以后若是有闲心了，或者因为什么事来尼姆，就来埃格维弗吧。爱德华很愿意认识你，到时候，你和我还可以一起谈谈阿莉莎。再见了，我亲爱的杰罗姆。

　　　　　　你的满怀深情与忧伤的……

　　几天后，我听说阿莉莎把芬格斯玛尔留给了罗贝尔，但要求把她卧室里的所有物件和她提到的几样家具给朱莉叶特。我很快就会收到她放在一个密封包里的一些手稿。我还听说，她死后想戴上我们最后一次见面时我拒绝接受的那枚小紫水晶十字架，爱德华告诉我，她如愿以偿了。

公证员给我寄来的那个密封包里装着阿莉莎的日记。我在这里抄了好多篇。我抄的时候不作评价。读者，你完全可以想到我读这些日记时的深思，以及内心的激动，这份心情难以描述。

阿莉莎的日记

埃格维弗

前天离开勒阿弗尔，昨天到尼姆，这是我第一次旅行！不用收拾家务，不用煮饭，结果心情略显闲适。今天，188×年5月23日，我25岁生日，开始写日记——没觉得多快乐，只想找个伴儿，因为仿佛平生第一次，我觉得孤独了——这地方和我老家不一样，几乎算是异地，我还不熟悉。它对我诉说的事，无疑跟诺曼底对我诉说的一样，还跟我在芬格斯玛尔听不厌的东西一样，因为上帝无论在哪里都一样，但这片南国的土地说的语言是我从未听过的，我好奇地听着。

5月24日

朱莉叶特坐在我旁边的沙发上打瞌睡，露天长廊是这座意式房子的主要迷人之处。长廊伸向铺着砾石地的院子，而院子又是花园的一部分。朱莉叶特没有离开沙发,看到草坪朝下延伸到一个池塘那里,池塘中有一群花花绿绿的鸭子在嬉戏,还有两只天鹅在游动。听人说有一条就算在炎炎夏日都不会干涸的小溪灌溉这个池塘,小溪流过花园,隐入一片广阔无边的树林中,然后在一边是干涸的洪流的河床、一边是葡萄园的夹攻下变得越来越窄,最后被它们两个彻底绞死。

　　昨天,爱德华·泰西埃尔领着我父亲参观了农场、酒窖和葡萄园,我和朱莉叶特跟在他们后面——因此我今天特意起了个大早,独自一人第一次在公园里游逛探险。公园里有很多奇怪的植物,但我很想知道它们叫什么名字。我从每棵奇怪的植物上折下一根枝条,打算吃中午饭时向别人讨教。我认出了青橡树,这是杰罗姆在意大利的博尔盖塞别墅或者多利亚潘菲列别墅观赏过的树,是我们北方橡树的远亲,外表却大不一样!几乎都快到公园尽头了,在橡树的遮盖下,有一片狭窄、神秘的空地,弯曲的树干下面,有一片草坪,脚踩上去,感觉那么柔软,似乎足以吸引仙女们来这里驻足歌唱。我觉得吃惊——我在芬格斯玛尔时对自然的那种感觉带有很深的基督徒的情感,而到了这里,尽管我努力抗拒,心中却还是涌现出了半异教徒的倾向，让我几乎变得恐惧了。然而，这种压迫得我越来越深重的畏惧感也是虔诚的。我小声说道："这是树林。"空气如水晶般清新透亮，周围弥漫着一种奇怪的寂静。我正在想奥菲士和阿尔米达，突然传来一阵孤寂的鸟儿的歌声，那声音离我是那么的近，是那么的伤感，又是那么的纯粹，似乎突然间整个自然都在等着听一样。我的心剧烈地跳着，我靠在一棵树上站了一会儿，然后在别人起床前进屋了。

5月26日

还没有收到杰罗姆的信。他要是把信寄到勒阿弗尔了，按理说这会儿早该转过来了……我的焦虑不能对人说，只能倾诉给这本日记。过去的三天，无论是我们昨天去博镇短途旅行，还是读书、祈祷的时候，我一直陷于焦虑中。今天，我写不出别的，自从到了埃格维弗，有一种奇怪的忧郁一直折磨着我，想来也没有别的缘故——然而，我感觉它深深地扎根在了我的心里，让我觉得它很久以前就在那儿了，就好像我引以为傲的快乐只是刚好把它盖住了一样。

5月27日

　　我为什么要对自己撒谎?为朱莉叶特的幸福而欢喜,是我费了一番力气才做到的。那种幸福曾是我深深渴望的,为了它,我不惜牺牲了自己的幸福,如今看来她没费吹灰之力就得到了它,而它的模样同我和她当初想象的又是那么不同,我感到十分心痛。这一切真是太复杂了!是的……我深深地认识到,她的幸福在哪里都可以找到,唯独不能在我的牺牲中找到——她根本不需要我牺牲就能获得幸福,这让我愤怒,一种可怕的自私的念头重新回到了我的心里。

　　杰罗姆杳无音信,使我万分焦虑,如今我问自己:当初我是真心做出的牺牲吗?觉得上帝不再需要它了,我就觉得受了侮辱。我是不是不配做出牺牲?

5月28日

　　分析自己的悲伤好危险!我越来越依赖这本日记。原有的自负,本以为已被自己控制住了,难道又要在这里重演吗?万万不可,但愿我的灵魂永远不要将这本日记作为装扮自己、对自己献媚的镜子。我写日记跟我当初的念头并不一样,不是因为没事干随便写两笔,而是因为悲伤才写。悲伤是一种罪恶的心态，我早就没有这种心态了，我恨它，想简化它，释放自己的灵魂。这本日记必须帮助我在自己身上再一次找到幸福。

悲伤是一种并发症。过去，我还从未分析过自己的幸福。

在芬格斯玛尔，我是一个人，如今更觉得孤独——那时我为什么没有感到过悲伤呢？杰罗姆在意大利给我写信时，我还愿他没有我也可以去看世界，没有我也可以活着，我在心里追随他的脚步，他快乐，我就快乐。如今，我却不由自主地渴望他，他不在身旁，看什么样的新鲜事儿都觉得烦。

6月10日

这本日记刚开始写就断了好久，小莉丝出生了，在床边长时间看护朱莉叶特，没什么有意思的事可以写给杰罗姆。女人有一写东西就写得很长的毛病，这种毛病我受不了，我尽量避免吧。我想把这本日记作为让自己完美起来的一个办法。

接下来有几页是她读书时写的笔记，还有摘抄于书中的一些段落。然后，再次从芬格斯玛尔写起。

7月16日

朱莉叶特很幸福,她自己是这么说的,看着她这样,我既没有权利,也没有理由怀疑。我现在同她在一起时心中的这种不满足感、不舒服感,是怎么来的?也许是因为我觉得这种幸福太实际,太容易得到,太容易"估量",以至于束缚住了灵魂,掐死了它……

我现在问自己,我渴望的到底是不是真正的幸福,是不是通向幸福的那个过程?哦,主啊!请让我远离这种我可以轻易得到的幸福!请教我抛弃我的幸福,将它放在像你离我那么远的一个地方。

这里有几页撕掉了,无疑写的是我们在勒阿弗尔的那次痛苦的会面。日记直到来年才重新开始写,没有标明日期,但肯定写于我在芬格斯玛尔待的那段日子。

有时候,在我听他说话时,似乎是在关注自己思考。他向我解释我自己,剖析我自己。没有他,我到底还存不存在?只有同他在一起时,我才是我……

有时候,我会犹豫,不知道我对他的这种感觉是不是就是人们所说的爱情——对于爱情的这种普通的描绘，跟我想要的描绘完全不同。我想要一种无可言说的爱，我爱他，却感觉不到我爱他。我爱他，最重要的是，让他感觉不到我爱他。

没有他，我还要活下去，这种生活已经无法给予我快乐了。我全部的德行只是为了取悦他，然而，我同他在一起时，我感觉自己的德行变得虚弱了。

过去我喜欢学弹钢琴，因为我觉得自己每天都能进步一些。这或许就跟我读外语书时获得的那种隐秘的愉悦感是一样的。我读外语书，并不是因为我觉得每一门外语都胜于本国语言，也不是因为我喜欢的作家在某些方面逊于别的国家的作家，而是在探索、追寻文字的意义以及文字传达出的感情时碰到的小困难，克服这些困难以及越来越成功地克服这些困难之后，自己并没有意识到的那种骄傲的心理，为我的智力上的快乐增添了一种精神上的满足。我感觉缺了这种东西不行。

无论什么样的状态，无论多幸福，只要不是进步的，我都不渴望。我所想象的天堂的快乐，并不是在灵魂上与上帝混在一起，而是一种无限地、永久地靠近上帝的状态……如果我不惧怕玩弄字眼，那么我要说的是，我不喜欢任何"不进步"的快乐。

今天上午,我们坐在林荫道上的长椅上,我们没说话,也没觉得非要说话……突然,他问我相不相信来世。

"哦,杰罗姆!"我立即大声叫道,"对我而言,这不只是一种希望,更是一种信念。"

我突然觉得我全部的信念都倾入了我的这声喊叫中。

"我想知道,"他停顿片刻,继续说道,"如果没有信念,你的行为是不是会有所不同?"

"我怎么知道?"我答道,然后补充道,"你,亲爱的,你自己,如果受了最强有力的信念的激励,也会这样做的。如果你不这样的话,我就不会爱你。"

不,杰罗姆,不,我们的德行苦苦追求的并不是来生有所回报,我们的爱苦苦寻求的同样不是来生的回报。一个慷慨的灵魂,若想到付出一定要得到回报,就会受到伤害,一个慷慨的灵魂也不会将德行视作对自己的装扮,不,德行是灵魂的美的表现形式。

爸爸又不好了，希望不严重，不过，他又得像以前那样，每天只能喝牛奶了。

昨天夜里，杰罗姆去楼上自己的房间了，爸爸又陪我坐了一会儿，然后出屋，让我一个人待了几分钟。当时我坐在沙发上，或者说得更准确些，是躺在沙发上（我很少躺着），也不知道自己为什么躺着。灯罩遮挡住了我的眼睛和上半身，灯光照在我裙底下微微露出的脚上，我正呆呆地看着。这时候，爸爸回来了，走到门口，站了一会儿，很古怪地盯着我，脸上一半是笑容，一半是悲哀。我隐约觉得有些不好意思，就站了起来，然后，就听他叫我："坐到我这边来。"他说。尽管当时天已经很晚了，可他还是开始跟我聊起了我的母亲，要知道，自打他们分手后，他就没有提起过她。他告诉我，他当初是怎么娶她的，他有多爱她，她起初有多爱他。

"爸爸，"我终于说道，"请告诉我，今天晚上你为什么要对我说这些事——你为什么非要在今天晚上对我说这些事？"

"因为刚才在我进起居室的时候，我看到你正躺在沙发上，我一时还以为是你母亲呢。"

我为什么非要让他说清这一点？是因为那天晚

上,杰罗姆正靠在沙发上,在我的肩膀旁边看书。我看不到他,却能感觉到他的气息,他身体的温度与轻微的颤抖。我假装继续看书,但脑子已经停止运转,哪行是哪行都分不清了,一种十分奇怪的窘迫感将我紧紧扼住,趁着还能做得到,我不得不赶紧从椅子上站起来,出门待了几分钟,幸好没有被他觉察出我的任何异样。但过了一会儿,当我独自一人躺在起居室的沙发上时,父亲进来了,觉得我的样子像我母亲,而在那一刻,我心里想的刚好是她。

昨天夜里我睡得很不好,过去的事像悲伤的巨浪一样将我淹没,扰乱了我的心,让我觉得压抑、痛苦、忧虑。

主啊,请教我认清所有戴着恶魔面具的恐惧的景象吧。

可怜的杰罗姆!他要是知道有时候他只需做出一个小小的暗示,有时候我要是只需等着他做出一个小小的暗示……

即使是在我小的时候,也是因为他,我才想让自己变得漂亮。现在想来,只是因为他,我才追求过完美。而这种"没有他"才能获得的完美,是你——我的主啊——的一切教义中最折磨我的灵魂的那一则。

将德行与爱融为一体的灵魂必定是幸福的！我有时怀疑，除了爱是否还存在其他的德行……尽可能多地爱，连续不断地爱……可有时，哎呀！我又会觉得德行只是爱的抵抗。什么？我不敢将心最自然的向往称为德行？哦，你这诱人的诡辩！这虚伪的诱惑！这狡猾的幸福的幻影！

今天早晨，我读到了拉布里耶尔写的一段文字：

"在这种生命的进程中，人有时会遇到如此可爱的欢愉，如此温柔的承诺，这些东西尽管我们仍不能拥有，但想来也是人之常情，巨大的魅力只有在德行教会我们摒弃它们时才能超越它们。"

我在这里为什么要虚构出我不能做的事呢？我是不是正在偷偷地被一种比爱更有力的魅力，被一种比爱更强烈的甜蜜吸引呢？哦！要是可以凭借爱的力量驱使着我们的灵魂一起向前，超越爱情该有多好！

哎呀！我现在很清楚了，在上帝与他之间唯独隔着我这个障碍。就像他说的，如果他对我的爱有可能让他起初靠近了上帝，那么现在，这份爱就在拖累他，他留恋在我身旁，只爱我一个，我在他眼中成了偶像，让他在德行上无法进步。我们两个人当中必须有一个抵达目的地，我天性软弱，无法战胜心中的爱，那就请你允许我，我的上帝，赐予我力量，让他不要再爱我，这样，我牺牲了我的美德，就能让他的美德带给你了，他的美德才是最好的……如果今天我的灵魂还在为当初失去他而啜泣，那我失去他，不就是为了来生可以在你的身旁又找到他吗？

告诉我，哦，我的上帝！什么样的灵魂才能更配得上你？他不就是为了追求比爱我更好的东西而生的吗？他若在我面前停止了追求，我还应该那么爱他吗？本可以成为英雄壮举的行为会在幸福中堕落成什么样子！

星期日

"上帝赐予了我们更好的东西。"

5月3日　星期一

想象幸福就在这里，就在身旁，自己主动来了，只需伸出一只手就能抓到它……

今天上午，同他聊天时，我做出了牺牲。

　　　　　　　　　　　星期一傍晚

　　他明天就要走了……

　　亲爱的杰罗姆，我依然在用无尽的温柔爱着你，但我永远都不会对你说。我紧紧地压迫我的眼睛，我的嘴唇，我的灵魂，使我觉得离开你是一种解脱，是一种痛苦的满足。

　　我竭力依照理智行事，但行动的时候，促使我行动的理由消失了，或者在我看来变得愚蠢可笑了，我以后再也不相信它们了。

　　让我离开他的理由？我不再相信它们了……然而，我还是很伤心地离开了他，至于离开的理由，我自己也不懂。

　　主啊！我们可以向着你去，我和杰罗姆一起，肩并肩地，互相搀扶着向着你去，我们可以像两个朝圣者那样沿着生命的路朝前走，路上，一个人可以对另一个人说："如果你累了，就靠着我，弟弟。"另一个这样回答："感觉到你在我身旁就已足够……"可是，不能！主啊，你指给我们的路，是一条窄路——那么窄，两个人是无法并肩而行的。

　　　　　　　　　　　　　7月5日

　　六个多星期都过去了，我始终没有打开过这本日记。上个月,在我重读其中的一些篇章时,感到了一种愚蠢、可怕的焦虑,我要好好写……因为这是我欠他的……

我最初写这本日记时,是为了帮助自己适应没有他的生活,现在我的日记似乎还是在为他而写。

我把那些在我看来本可以"写好"(我知道自己这么说是什么意思)的部分撕掉了,其实,跟他有关联的那些都该撕掉。我本该把它们都撕掉的,但我做不到。

撕掉了那些篇幅,我已感觉到了些许骄傲……我的心若不是病得那么厉害,我肯定会笑话这骄傲的。

我似乎真的觉得自己做了一件值得称赞的事,似乎自己毁掉的东西真的有几分重要!

7月6日

我得把书架上的书清理一下了……

我在一本书中从他身旁跑掉,却又在另一本中碰到了他。有些页里没有他,可是就算在这些页里,我也能听到他为我朗读。他感兴趣的地方,我才感兴趣,我的思想同他的那么像,简直让我无法分辨,就像当初我为两者交融在一起感到欢喜无法分辨一样。

有时，为了摆脱掉他说话的那种节奏，我会逼迫自己写得很坏，可是，即便我苦苦挣扎，还是摆脱不了他的影响。我下了决心，从今往后只读《圣经》（也许是《效法基督》）上的段落，只在这本日记中写每天晚上读的经文。

接着是些日记体的文章，日期从7月1日开始，每段日记附上一段经文。除了带评论的那些，别的，我就不抄了。

7月20日

"变卖你所有的家当，送给穷人。"

我知道我应该把我这颗独属于杰罗姆的心送给穷人。我这么做，不是也在教他这么做吗？主啊，请赐予我这种勇气。

7月24日

我不读《内心的安慰》了。古语令我很着迷，却也叫我心烦，从中得到的异教徒般的快乐，和我本想从中得到的启示大不一样。

我又开始读《效法基督》，读的不是拉丁版，拉丁版我读不懂。我很高兴读的翻译版甚至都没署名。的确是给新教徒用的，但封面上写着"适用于所有基督教团体"。

"哦,如果你能正确地指示你自己,能感觉到你为自己获得了多大的平静,为别人送去了多少快乐,那么我想,你会更热烈地追求你在精神上的成长!"

8月10日

如果我用孩子般冲动的信念与天使般的天国的语言呼唤你……

我知道,这一切不是杰罗姆,而是你赐予我的。

可既然如此,你为何还要将他的形象放置在你和我中间呢?

8月14日

再有两个月就可以完成我的使命……哦,主啊,请帮帮我吧!

8月20日

我感觉——我从我的悲伤中感觉出,我的牺牲还没有在心里完成。主啊,请你答应我,从今往后,让我明白过去只有他才能给予我的那种快乐,都是你赐予我的。

8月28日

我获得的德行多平庸、多可悲！我是不是对自己要求太苛刻了？……再不要痛苦了。

我不停恳求上帝赐予我力量，我该有多懦弱？我的祈祷中只有抱怨。

8月29日

"想想田野里的百合花……"

这句简简单单的话使我今天早晨陷入悲伤中无法自拔。我去了田野中，我始终在对自己说这句话，让我的心里和眼里充满了泪水。我看着空旷辽阔的田地，地里有人在努力干活儿，将腰身弯在犁上……"田野里的百合花……"可是，主啊，它们在哪里呢……

9月16日 夜里10点

我又见到他了。他在我家住。我看到他房间的灯光射到了草坪上。我写这些字的时候，他还没睡，也许他在想我。他没变。他是这么说的，我也感觉到了。为了让他不再爱我，我可以按照自己决定的那样，向他展示我的模样吗？

9月24日

哦，在这痛苦的交谈中，我终于让自己假装出了冷漠——冷酷，但我的心已在我的体内昏厥了过去！我始终在躲避他，直到现在我对自己还是满意的。今天早上，我让自己相信上帝会赐予我得胜的力量，而始终避而不战只能证明我是个懦夫。我成功了吗？杰罗姆对我的爱减少了吗？哎呀！我既希望他这样，又害怕他这样。我从未这样爱过他。

将他从我这里救出去，我必须将自己毁灭，主啊，如果这是你的意愿，那就动手吧。

"主啊，进入我的心，进入我的灵魂，好让它们背负我的痛苦，让我继续经受你余下的痛苦。"

我们谈到了帕斯卡尔……我都说了些什么？我怎能说那些愚蠢、可耻的话？话一说出口，我的心就痛了，但今天夜里，我将我说的这些话视作对上帝的亵渎，为此悔恨不已。我又一次从那卷厚厚的《思想录》中寻求慰藉，刚一翻开，就看到了给阿罗奈兹小姐的信的这个段落：

"只要我们情愿跟随他的指引,就不会感觉到我们身上的绳索;不过,一旦我们开始抗拒、远离他,就会受苦。"

这段话对我个人造成的影响十分深重,使我再无力气读下去,但又翻了一下,刚好碰到了一个令我欢喜的段落,我以前没读过,就抄了下来。

第一本日记到这里就结束了。第二本无疑被阿莉莎毁掉了,因为她留下的那些文字,再次记录时已是三年后——还是在芬格斯玛尔——还是在九月——也就是在我们最后一次见面前不久。

最后一本开头是这样写的。

9月17日

主啊,你知道我需要他才能爱你。

9月20日

主啊,把他给我,这样我才能把我的心给你。

主啊,让我再见他一次吧,只见一次。

主啊,我发誓将我的心给你。请将我的爱所恳求的赐予我。我愿将余生献给你。

主啊,原谅我这卑微的祈祷,我不能将他的名字从我的嘴唇上抹去，也不能忘掉我内心的痛苦。

主啊，我呼唤你。不要将悲伤的我抛弃。

9月21日

"以我的名义向在天的父乞求一切……"

主啊，我不敢以你的名字这样做。

可是，尽管我已经不再能够祈祷，你就不能那么清晰地感觉到我心中的妄想吗？

9月27日

从今天早晨起，我的心已变得十分平静。我冥想、祈祷了几乎一整夜。我突然感觉到了一种可以洞悉一切的平静，跟我小时候想象到的圣灵差不多：它似乎包裹着我，慢慢进入了我的体内。我马上上床了，还担心我的欣喜是神经兴奋的缘故。我很快就睡着了，而这种欣喜始终没有离开我。到了早晨，它还在，而且还是完整的。我现在确信，他就要来了。

9月30日

杰罗姆，我的朋友！我依然叫你弟弟，可我对你的爱无限深远，远远超过对弟弟的那种爱……我在山毛榉林里数次呼唤你的名字。每天,将近黄昏时,我都会走过家庭菜园的小门,去那条林荫道上,而那儿,早已经黑了。若你突然回答了我,从我热切地寻找你的那个石岸的拐弯处现身,若我在远处看到了你,你正坐在那条长椅上等我,我的心并不会雀跃……绝对不会!我若没有看到你,才会吃惊呢。

10月1日

依然没有他的影子。太阳已挂在了无比纯净的天空中。我在等他。我知道很快我就会跟他一起坐在这条长椅上了。我已听到了他的声音。我好喜欢他叫出我的名字。他会来的!我会握住他的手。我会将头依靠在他的肩膀上。我会依偎着他呼吸。昨天我带了一些他给我写的信来,想再读读,却没有看——我太想他了,根本没心思。我喜欢的那枚紫水晶小十字架我也带过来了,有一年的夏天,我不愿他走,每天晚上都戴着。我想把这枚小十字架送给他。都那么久了,我始终在做一个梦——他会结婚,我会做他的第一个女儿小阿莉莎的教母,我想把这个饰品送给那孩子……我为何不敢告诉他?

10月2日

今天，我的灵魂轻盈而快活，就像鸟儿在天空中筑了一个巢。因为今天他会来。我已经感觉到了！我想向整个世界大声宣告他到来的消息。我觉得我必须把这事写下来。我再也无法掩盖我的欢喜。就连平日里对我的事不闻不问的罗贝尔，也注意到了我的异样。他问了我好些问题，让我窘迫得很，不知如何回答他。我该怎么熬到今晚呢……

我的眼睛上面似乎粘了些透明的带子，让我觉得他的形象无处不在——他的形象变得高大了，所有的爱的光芒都聚焦在了我心中的那个燃点上。

哦，等待的滋味儿好难受！

主啊，请再为我敞开一会儿幸福的宽门吧。

10月3日

一切都结束了。哦，他就像个影子，从我的怀抱里溜走了。他在那儿呢！他在那儿呢！我依然能感觉到他。我呼唤他的名字。我的手，我的唇在暗夜中徒劳地摸索他……

我既无法祈祷，也无法入睡。我又去了那个黑暗的花园里。我害怕——我待在自己的房间里害怕——我待在房子的哪个地方都害怕——我害怕。痛苦驱使我又一次来到了我和他分别的那扇小门后面。我怀着疯狂的渴望,打开了门,希望他会回来。我呼唤他的名字。我在黑暗中摸索。我又进屋给他写信。我无法接受我的悲伤。

发生了什么事?我对他说了什么?我做了什么?我为何总对他夸大我的德行?我的整颗心都在否定的德行,又有什么价值?我暗中背弃了我对上帝的承诺。我心里的话都快要把我的心撑破,我却一个字也说不出来。杰罗姆!杰罗姆,我伤心的朋友,你在我身旁,我的心会流血,你不在我身旁,我又会死掉,我对你说过的那些话,此刻都不要信,只信我的爱的言语。

撕掉信,重新写……黎明来了,灰暗的被泪水打湿的黎明来了,那么悲伤,就像我的心。我听到农场里开始劳作的声响,沉睡着的万物正在苏醒过来……"起来吧。到时候了……"

这封信我不会寄出去。

10月5日

哦,好忌妒的上帝!你夺走了我的一切,占据了我的心。从此以后，它不会再有温度，也不会再有什么东西可以触碰到它。帮我打败这个残缺的、悲伤的我吧。这栋房子，这座花园，激励着我的爱，让我再也无法忍受。我要逃离这里，去某个地方，在那里，我谁都看不到，只能看到你。

你帮帮我，将我拥有的财产分发给穷人。芬格斯玛尔我无法轻易处置，就送给罗贝尔吧。我真的拟好了遗嘱，却对必要的手续一无所知，昨天同公证员也没有谈开，因为我怕他怀疑我做出的决定，去告知朱莉叶特与罗贝尔。等到了巴黎，我会把这事办妥。

10月10日

到这儿后，我已是筋疲力尽，不得不先在床上躺两天。有人也没经过我的同意就把医生叫了来，医生看我的样子，说必须给我动手术。反驳又有什么用？不过，我还是让他轻易相信了我怕动手术，等我的身体好些了再说。

我试着隐去真名和地址。我取了不少钱，交给养老院管理处的人员，他们很容易就接收了我，上帝让我住多久，我就住多久。

我喜欢这个房间。墙很干净，不用装饰。我几乎有一种很快乐的感觉，这让我吃惊。想来是我对生活已无别的要求——如今心中有上帝我就已经很满足，他的爱若能填满我心中的空隙，他的爱就是甜蜜的……

　　我到这里来只带了一本《圣经》，不过今天我在《圣经》中读到的一切言语都不如帕斯卡尔在疯狂、热情地啜泣中说过的这句话响亮："任何不属于上帝的东西都无法满足我的渴望。"

　　哦！我这颗冒失的心渴望的竟是那么世俗的快乐！……主啊，你夺走我的一切，就是为了听我这一声喊吗？

10月12日

　　让你的天国来吧！让你的天国进入我的体内，这样你就能支配我，控制整个的我。我再也不会对你抱怨什么了。

　　我累得很，仿佛我已成了老人，但我的灵魂始终保持着一种古怪的稚气。我还是原来的那个小女孩，必须把房间收拾得井井有条，把脱下的衣服整整齐齐地叠好放在床边，才能睡得着……我死的时候，也想这样。

10月13日

毁掉日记前，我重读了一遍。"伟大的心灵以散播自己纷乱的心情为耻。"我想，这句美妙的话是法国王后克洛蒂尔德沃说的。

就在我准备把日记扔进火堆里时，似乎觉得有什么东西提醒了我，让我住了手。我似乎觉得这本日记已不再属于我，我的日记都是为杰罗姆写的，我无权从他手中把它夺走。我此前的焦虑与怀疑现在看来愚蠢至极，使我觉得它们一点都不重要，并且相信杰罗姆也不会为此忧心。主啊，愿他在这本日记的文字中，有时可以发现我那颗笨拙的心的音调，还有我鼓励他抵达我自己无法抵达的德行最高峰的强烈的渴望。

"主啊，请引领我抵达那块比我还要高的岩石。"

10月15日

"快乐，快乐，快乐，快乐的泪水……"

是的，我超越了世俗的欢喜，超越了一切的痛苦，预见到了那光辉灿烂的快乐。我懂了，"比我还要高的岩石"，它的名字就叫幸福……我明白，我的生命若抵达不了幸福的最高点，我这辈子就算白活了……啊！主啊，你向纯洁、无私的灵魂承诺的是："现在你要幸福了。"你说过："死在主的怀抱里的人，现在要幸福了。"我是不是非要等到我死掉以后才能得到它？我的信念正是在这一点上摇摆不定。主啊！我用尽全力呼唤你。我在黑暗中！我在等待黎明到来。我大声呼唤你，直到死掉。快来吧，快来救救我这颗饥渴的心。我现在渴望幸福……要么说服自己已经得到了它？我是不是应该像那些黎明前呼唤而不是宣告晨光到来的焦急的鸟儿，等不到黑夜褪去就开始歌唱？

10 月 16 日

杰罗姆，我希望我可以告诉你什么才是完美的快乐。

今天早晨，我呕吐了。事后，我感觉十分虚弱，一时相信自己就要死了。可是没有。起初，我感觉十分平静，然后，一阵剧烈的疼痛像刀子一样刺穿了我的身体，我的身体与灵魂都颤抖起来。我似乎第一次看到自己房间的墙壁上什么都没有。恐惧将我紧紧扼住。即便是现在，我写日记也是为了消除疑虑，让自己平静下来。哦，我的主！不要让我说亵渎神明的话，就让我这样抵达终点吧。

　　我又能从床上起来了。我像个孩子那样跪了下去……

　　我现在想快些死去，在我又感到孤独之前。

　　我去年又见到了朱莉叶特。距我最后一次收到她的那封信（告诉我阿莉莎死讯的那封），已经过去十多年了。我去普罗旺斯旅行，刚好有机会在尼姆停留。泰西埃尔一家在喧闹的市中心有一座大房子。我在给她的信中虽然已说明我要来，可跨过她家门槛的那一刻心中还是很激动。

　　一位女仆领我到起居室，过了几分钟，朱莉叶特就来了。我觉得我见到了普朗提埃姨母——也是那么快活，身材也是那么壮实，殷勤招待人的那个劲头儿也是那么叫人喘不过气来。她不容我回答就连珠炮似的不停问这问那，我的事业怎样了，我在巴黎生活得是否习惯，我现在做什么，我在南方的生意做得怎样了，我为何不到埃格维弗去，爱德华见了我一定会很高兴……然后，她把全家人的事都跟我说了，聊了她丈夫，她的几个孩子，她弟弟，上次的葡萄产量，秋季的葡萄价格……我从她口中得知罗贝尔为了去埃格维弗生活，早已把芬格斯玛尔卖了，如今他与爱德华搭伙儿做生意，在地里忙活，改良土地，提高葡萄产量，爱德华则空出手来四处跑业务，主要忙销量的事。

跟她说话的时候，我始终在四处搜索可以让我回忆起过去的东西。我还真的在起居室的一堆新家具里认出了从芬格斯玛尔搬来的几样家具，触景生情，往事在我的心中颤动，朱莉叶特似乎并未察觉到我的异样，要么就是故意不去提起。

两个男孩子，一个十二岁，一个十三岁，正在楼梯上玩，朱莉叶特招呼他们过来向我作了介绍。莉丝，就是长女，跟父亲去埃格维弗了。还有一个十岁的男孩子，在外面散步，一会儿就回来，他就是上次朱莉叶特即将分娩时寄给我的告知阿莉莎死讯的那封信中提到的那个孩子。朱莉叶特生这个孩子吃了不少苦头，事后好久才恢复过来。然后，就在去年，她转念一想，就又生了个女儿，听她的口气，她最爱的就是孩子。

"我的卧室就在旁边，她跟我一起睡，"她说，"过来看看她。"我跟在她身后的时候，她又说："杰罗姆，我不敢给你写信的⋯⋯你愿意做这个孩子的教父吗？"

"愿意，非常愿意，如果你希望的话，"说着我有些吃惊地轻轻俯下身体，"我这个小教女叫什么名字？"

"阿莉莎⋯⋯"朱莉叶特低声说，"她有点像她，你不觉得吗?"

我握着朱莉叶特的手,一句话也没说。小阿莉莎,被母亲轻轻托起,睁开了眼睛,我接过来,把她抱到了自己怀里。

"你以后肯定能成为一个很好的父亲!"朱莉叶特努力笑道,"你干吗还不结婚?等什么呢?"

"等着忘记很多的事。"我答道。我看到她的脸红了。

"你想尽快忘记那些事吗?"

"我永远也不愿忘记那些事。"

"跟我来。"她突然说道,然后将我领进一个小房间,里面早就黑了,一扇门通向她的卧室,还有一扇通向起居室。"我一个人的时候会来这里避避,整栋房子就数这个房间安静,我感觉我在这里几乎可以躲避生活的烦忧。"

这间小起居室的窗户,并不像其余的房间,都是开向喧闹的市街的,而是开向了一座有树的院子。

"我们坐下吧,"说着她坐到了一把扶手椅中,"如果我猜得没错的话,你说的是忠于阿莉莎的记忆吧。"

我一时没有回答她。

"或者应该说忠于她心目中的我吧。不,别把这归功于我。我想我没有别的路可以走。我若娶了别的女人,也只是假装爱她。"

"啊!"她似乎很冷漠地说道,然后扭过脸去,弯下腰,看着地上，好像在找刚刚丢失的东西。"这么说你觉得一个人可以那么长久地将一种无望的爱放在心里了？"

"是的，朱莉叶特。"

"可以每天靠这种爱活着，活一辈子，生活永远也不会将它磨灭吗？"

夜像灰色的潮汐慢慢涌了上来，触摸着、吞噬着黑暗中似乎又活过来的每一样东西，用低低的声音重复着它们过去的故事。我又一次看着朱莉叶特的房间，看着她收集到这里的所有的家具。然后，她又一次将脸扭向我这边，不过光线黯淡，我辨认不出她的模样，因此不知道她的眼睛是睁着还是闭着的。我觉得她很美。我们就这样呆坐着，谁也不说话。

"好了！"她终于说道，"我们该醒醒了。"

我看到她站了起来，朝前走了一步，似乎没了力气，又坐在了最近的椅子上。她双手掩面，我想我看到她在哭泣。

女仆掌着灯进来了。